여자전,

한 여자가 한 세상이다

여자전, 한 여자가 한 세상이다

2007년 4월 23일   초판 1쇄 발행
2013년 3월 27일   초판 3쇄 발행
2017년 3월 9일 개정판 1쇄 발행
2019년 3월 18일 개정판 6쇄 발행

글쓴이·김서령 | 펴낸이·박혜숙 | 펴낸곳·도서출판 푸른역사
주소: 우) 03044 서울시 종로구 자하문로8길 13
전화: 02)720-8921(편집부) 02)720-8920(영업부) | 팩스: 02)720-9887
전자우편: 2013history@naver.com | 등록: 1997년 2월 14일 제13-483호

ⓒ 김서령, 2019

ISBN 979-11-5612-088-9 03810

• 잘못 만들어진 책은 교환해드립니다.

여자전,
한 여자가 한 세상이다

김서령 지음

지잖으나 했겠으나 지리산 빨치산 하다가 고갯연
내가 살아남아 1미터짜리 눈어 잡을 줄

중국 팔로군 출신 기공 언니가 윤금선
죽음의 강 황하를 건너온 소녀

반세기 넘게 홀로 가문을 지켜온 종부 기후옹
왜 살아도 살아도 끝이 안 나노

한 달의 인연을 영원으로 간직한 최옥분 할머니
지상에 없는 남자 그만을 향한 50년

화 있이보다 더 치열했던 춤꾼 이선옥
난 기생이다, 화쟁이다, 혁명적에 술간다

문화판의 걸출한 욕쟁이 할머니 박의순
종양무진 욕으로 안기부를 제압하다

푸른역사

소녀들은 이제 '역사'가 되었다

우리는 삶의 크고 작은 토막들을 통틀어 '이야기'라고 부른다. 영화도 소설도 노래가사도 역사도 체험도 모조리 이야기라는 말 속에 녹여낸다. 선현들은 그런 이야기를 전傳이라는 형식으로 묶어내기도 했다. 춘향전, 심청전, 흥부전, 박씨전이 그런 것들이다. 이 책《여자전》은 한국현대사를 맨 몸으로 헤쳐온 여자들에 관한 이야기다. "내 살아온 사연을 다 풀어놓으면 책 열 권으로도 모자란다"고 흔히 말하는, 역사 속 이름 없는 이들의 이야기를 찾아내 묶어보고 싶었다.

현대사의 우여곡절을 이 책에 나오는 할머니들만큼 생생하게 증언하는 얘기들을 나는 이전 어디서도 들은 적이 없다. 이분들의 애처로운 듯 지독한 이야기, 가냘픈 듯 강인한 인생유전은 그간 내 가슴을 여러 번 미어터지게 만들었다. 그러나 붓끝이 어눌하고 감정만 격해 그 구구절절한 사연들을 제대로 받아

적을 수가 없었다. 동창이 훤해질 때까지 당신의 전 인생을 고해하듯 쏟아내준 어른들께 새삼 안타깝고 죄송할 따름이다.

어려서부터 낯선 사람만 보면 귀찮을 만큼 이야기를 해내라고 매달렸다. 어쩌다 집에 묵어가는 봇짐장사나 친척들은 내 등쌀에 밤을 하얗게 새가며 온갖 얘기들을 풀어놓곤 했다.

이만큼 살아놓고 돌아보니 그동안 나는 남의 이야기를 쉼없이 찾아다녔다는 걸 알겠다. 그중에서도 한국현대사를 아프게 헤쳐나온 여자들의 이야기 앞에서 전율했다.

《여자전》엔 모두 일곱 여성이 등장한다. 동상으로 발가락이 빠져버린 지리산 빨치산 하나, 팔로군이 되어 마오쩌둥의 대장정에 참여했다가 나중엔 중공군의 자격으로 한국전쟁에 투입됐던 여자 군인 하나, 만주에서 일본군인의 성노예생활을 하느라 자궁까지 적출당한 위안부 하나, 월북한 좌익 남편을 기다리며 수절한 안동 종부 하나, 50년을 죽은 사람만 쳐다보며 살아온 옛날식 미혼모 하나, 피난지 부산에서 우연히 창문 너머 춤을 배웠던 춤꾼 하나. 전쟁을 참혹하게 겪지는 않았으나 일상 속에서 남성과의 전쟁을 누구 못지 않게 가혹하게 치른 미술관 주인 하나.

동시대 한국 여자로 태어났다는 공통점 말고는 이들은 신분도 학력도 고향도 환경도 제각각이다. 그러나 나는 이들과 이야기하면서 어렵지 않게 깨달았다. 같은 시대 같은 나라 같은 젠더로 태어났다는 것이야말로 운명을 결정짓는 핵심 요소라는 걸.

식민지와 전쟁, 좌우 대립과 가난, 독재와 가부장 이데올로기를 그들은 실체도 모른 채 온몸으로 헤쳐왔다. 이들과 30분만 이야기해보면 어김없이 가슴이 얼얼해지는 설움의 보따리가 풀려나온다. 어쩔 수 없이 이분들은 공동운명체였다. 개인사는 결국국가 역사에 지배받을 수밖에 없다는 걸 나는 이번에 새롭게 실감했다.

삶의 선배들이 겪어온 이야기는 우리를 내성內省케 하고 인생의 비밀스런 뜻을 체득하게 만든다. 동시대를 공유한 우리에게 뼈근한 연대감을 주고 고립된 각자를 소통하게 만든다. 그게 지혜롭든 어리석든 대담하든 비겁하든 한스럽든 찬란하든 구체적인 삶의 경험은 우리들 살아가는 길의 눈을 틔워준다.

이 책에 나오는 일곱 분은 개인사의 곡절을 뚫고 나오면서제 삶의 진액으로 역사를 써오신 분들이다. 그러느라 심신이 갈라지고 부스러지고 뒤틀렸지만 결국 야물게 제 상처를 아물리신 분들이다.

한 세상을 아프게 견뎌낸 자의 삶엔 목리 같은 지문이 생겨난다. 소녀였던 그들은 이제 할머니가 되셨고 쓸쓸하나 의연하게 세상을 멀찍이 내다보며 미소하신다.

이 어른들의 삶은 날 숱하게 울렸다. 그러나 그 울음 안에서나는 전 세대의 설움과 내 설움이 한데 얽히면서 희뿌옇게 풀려나가는 카타르시스를 맛보았다. 잔인한 역사, 가혹한 인습과 가난에 시달렸지만 이들 가슴의 뜨거움은 아직 식지 않았다. 아니 그렇게 단련되었으므로 더 뜨겁게 이 땅과 사람들을 껴안고 싶어하신다.

세월이 쏘아놓은 화살같이 빠르다고? 그건 하릴없는 이들의 비유일 뿐이다. 이분들의 삶은 유장하고 장엄하다. 허망하지도 남루하지도 않다. 이분들의 희생과 정성을 닻줄 삼아 우리 현대사는 격심한 변동과 갈등 속에서도 난파하지도 좌초하지도 않고 여기까지 달려올 수 있었다고 나는 믿는다.

2007년에 출간했던 책을 2017년에 다시 펴내기로 했다. 다시 읽어봐도 이 이야기들은 조금도 낡지 않았다. 2015년 노벨문학상을 받았던 스베틀라나의 《전쟁은 여자의 얼굴을 하지 않았다》보다 훨씬 실감나는 이야기였다고 자평하고 싶다. 내가 문장을 잘 써서 그렇다는 것이 천만 아니다. 소비에트 여성들이 백만 이상 참전했다는 2차 세계대전보다 한국 여성 수백 만이 전선이 따로 없이 동시에 겪었던 한국전쟁이, 잔인함과 참혹함과 뻔뻔함과 치욕과 비겁과 후유증의 정도 면에서 결코 못할 리가 없었다고 여기기 때문이다. 더했으면 더했지 못할 리가 없다.

꽃도 그렇고 사람 얼굴도 그렇고 자세히 봐야 아름다움의 참모습이 드러난다고 했던가. 고통도 그렇다. 자세히 들여다봐야 아픔이 느껴진다. 얼핏 보면 그냥 잘라진 손가락일 뿐이다. 뜯어진 살점과 흩뿌려진 피와 바들바들 떨리는 입술은 바짝 가까이 다가가지 않으면 보이지 않는다. 독자들이 이분들의 이야기에 바짝 가까이 다가앉아 삶의 장엄함을 함께 느껴주기를 간절히 바란다.

나는 이 어처구니 없는 이야기를 신세대 페미니스트들에게도 읽히고 싶다. 우리 안에 내재한 엄청난 사랑, 포용, 열정을 이 일곱 분을 통해 다시 확인해주기를 빈다. 그 힘과 아름다움이 지금도 여전히 혼돈에 쌓인 이 세계를 구원할 것이라고 나는 믿고 싶다.

한 여자가 한 세상이다.

거기 꽃 피고 새 울고 천둥 치고 바람 부니 머지않아 열매 맺을 것이다.

2017년 2월
북한산 인월실에서 김서령

삼천포 부잣집 막내딸의 인생은 전쟁이 나고 완전히 바뀌었다.
피난길에 아버지와 오빠를 찾기 위해 길을 나섰다가 지리산 빨치산이 되었다.
사상 따위는 몰랐다. 토벌대의 집중사격에도, 경찰의 집요한 추적에도
질기게 살아남아 소녀는 이제 일흔이 넘은 '역사'가 되었다.

내가 살아남아
1미터짜리 농어 잡을 줄
짐작이나 했겠나

지리산 빨치산 할머니 고계연

高 桂 妍

광주에서 서울로 올라오는 길엔 자귀나무 꽃이 산자락에 줄줄이 늘어서 있었다. 바람이 세찼고 빗발이 뿌렸다. 험한 날씨 속에서 자귀나무 꽃은 할 말을 잔뜩 품고 아우성을 지르듯 비극적인 모습이었다.

아까 고계연 할머니는 내게 저 붉은 꽃을 뭐라고 부르는지 물었다. 자귀나무라고 대답하면서 나는 그때 지리산에도 저 꽃이 있었더냐고 물었다.

"그때는 꽃을 들여다볼 새가 없었네요. 이제사 보이네요. 저 꽃이 저렇게 소란을 부려쌓는 게……."

때가 되면 꽃은 절로 피고 진다. 세월 따라 사람도 쉼 없이 나고 죽는다. 천지는 불인不仁하다. 그게 자연인 것을. 새삼 들먹이

15

는 것조차 쑥스러울 뿐이다.

　지리산 하면 피비린내 나는 민족사를 연상하던 세대도 이제 그리 많지 않다. 지금은 국립공원 1호로 등산객의 발길이 분주한 지리산, 그 아름다운 능선과 계곡에서 피가 얼룩졌던 시절의 얘기는 이젠 까마득한 전설이 됐다. 그러나 너무나 많은 젊은이들이 그 산중을 방황하며 굶고 얼고 병들어 죽어갔다. 그 백골들은 이제 풍우 속에 진토가 되었다. 그들이 불태웠던 허망한 정열은 그저 역사 속의 해프닝에 불과할까. 세월은 그 위로 덤덤히 흘렀고 모든 것은 마침내 투명으로 돌아간 듯 보인다. 그 위를 오늘 우리는 다시 각자의 사연으로 흘러가고 있지만, 그때 살아남아 아직도 지리산 언저리를 헤매는 사람도 있다.

高桂姸 _{고계연}

1932 - 태어남
1945 - 해방. 진주여고 입학
1950 - 한국전쟁. 피난길에 가족을 찾으러 갔다가 빨치산이 됨
1953 - 토벌대에 체포, 수용소 생활
1954 - 석방 후 호남여객, 편물일 시작
1973 - 광주에서 화성이불집 운영

아침에 일어나 머리를 빗다가 오늘도 무심코 필호야, 불렀다고 고계연 선생은 목이 멘다. 필호는 지리산에서 같이 있었던 친구다. 토벌대를 피해 함께 도망쳤는데 아무리 찾아도 보이지 않았다. 며칠 뒤 계곡물에 필호의 숟가락집이 둥둥 뜨는 걸 발견했다. 수가 놓인 숟가락집이었다. 숟가락은 빨치산의 신분증이자 생존 부호였다. 반드시 목에 걸고 있어야 할 물건이었다. 계곡을 거슬러 올라가자 바위 사이에 퉁퉁 붓은, 스물한 살 필호가 처박혀 있었다. 안고 나와 양지 쪽에 묻어줬다. 머리를 빗다가 그 필호가 문득 생각나더라는 거다.

이야기를 어디서부터 시작할지 몰라 허둥대다 나는 결국 필호 얘기부터 꺼내고 말았다. 도대체 믿지 못하겠다는 내 눈앞에 고계연은 양말을 벗는다.

"한번 보소."

또렷하게 남아 있는 그날의 증거, 다른 흔적들은 모두 사라졌다. 벗도 이념도 노래도 고통도. 눈에 보이는 건 오로지 발가락이 다 떨어져나가 몽땅하게 짧아진 발뿐이다.

발가락이 하나도 없는 발

고계연의 오른발에는 발가락이 하나도 남아있지 않다. 왼발도

반 넘게 뭉개졌다. 동상 후유증이다. 전쟁 나던 해부터 세 해 겨울을 산에서 눈속을 뛰어다녔더니 살은 얼고 뼈는 삭고, 그걸 반복하다 마침내 썩어버렸다.

"눈에 젖어 하도 척척해서 오른쪽 양말을 벗었더니 이래 됐네요. 왼발은 그나마 양말을 신고 있어서 덜하고."

생살이 썩는 아픔을 감당하면서 그는 이십대의 전반부를 넘겼다. 포로수용소에 잡혀 들어갔을 때 참혹한 고통을 견딜 수 없어 제 손가락으로 발가락을 툭툭 분질러 뽑아내버렸다.

"하니까 되데요. 감각이 없으니까 까짓거 아프지도 않데요."

아무렇지도 않은 얼굴로 말하지만 그는 이내 슬쩍 진저리를 쳤다. 이야기마다 상상을 초월하는 극한 상황이라 듣는 나도 숱하게 진저리를 쳐야 했다.

"그래도 이 발이 나를 구했네요. 포로로 잡히던 날, 날이 저물자 군인들이 대충 천막을 치데요. 내 발에서는 썩는 냄새가 지독하게 났제요. 그러니까 '뭐 이런 게 있어?' 하면서 군인들이 날 총끝으로 떠밀어 천막 밖에다가 패대기를 치데요. 한밤중에 군인들이 천막 안으로 들어가더니 붙잡힌 동지들을 몇 끌고 나갑디더. 끌려 나갔다 온 젊은 여자들은 옷매무새가 흐트러진 채 바닥에 엎드려서 울고……. 그게 뭔지 내가 다 알았네요. 가족을 잃고 죽음을 목전에 둔 누더기 같은 여자들을 그 틈에 강간하다니. 산다는 게 그렇게 더러운 일입디더. 그 일까지 당했으면 내사 계곡에서 굴러버렸을 낀데……. 그래도 이 발이 날 살렸네요."

포로수용소에서는 동상 걸린 사람들이 모두 한 방에 수용됐다. 살이 썩어 들어가는 고통으로 다들 말이 아니었다. 치료라고는 고작 머큐로크롬을 발라주는 정도였다. 약품이 귀한 데다 굳이 살려낼 가치도 없는 포로들이었으니.

"가끔 의사가 들어와서 이렇게 말하네요. '다리 잘라주기 원하는 사람!' 그러면 사람들이 손을 번쩍번쩍 듭디다. 기막힌 일 아입니꺼. 하도 고통이 심하니까 차라리 자르겠다는 거지요. 내 곁에는 민 아무개라는 모스크바대학 나온 여자가 누워 있었네요. 견디다 못 했던지 그 여자도 손을 들었는데 며칠 만에 다리를 몽당하게 잘라갖고 왔데요. 아프지 않으니 살 것 같다고 좋아라 하데요. 말이 나오지 않습디더. 이상하게 나는 죽기보다 다리를 자르기가 더 싫데요. 까짓 다리가 뭐라고……입술을 깨물고 손가락을 물어뜯으면서도 나는 끝끝내 손을 들지 않았네요."

내가 질문할 여지도 없이 고계연은 이야기를 곧잘 풀어나갔다. 현재에서 전쟁 당시로, 자식에서 친정오빠로, 낚시에서 이불집으로. 화제는 이리저리 점핑했지만 그 때문에 더욱 몰입할 수 있었다. 우리는 새벽까지 잠들지 못했다. 한 사람의 개인사가 이렇듯 드라마틱할 수 있는 시대란 불운한 시대임이 분명하지만 사무치는 개인사가 한 인간을 커다랗게 키워놓는 것도 분명하리라.

그는 여느 할머니와는 썩 달라 보였다. 거침없고, 의연하고, 총명하고 유머러스 했다. 1932년생이니 일흔이 훨씬 넘은 나이건만 정정했고 열정에 넘쳤다.

"우리 딸(둘째 딸 김민정 씨는 이탈리아에서 주목받는 화가로 활동 중이다)에게 모스크바 전시를 한번 하라고 말해요. 바이칼 호수에서 낚시 한번 해보게. 내가 알래스카 연어 낚시도 가고 세계 어느 곳 안 가본 데 없이 다녔는데 바이칼에만 못 갔네요. 젊어서 노상 부르던 노래가사에 나오는, 그 바이칼 호수에 꼭 한번 가보고 싶네요."

그의 자식들은 엄마가 낚시터에만 가면 기분이 좋아지는 걸 잘 알아 낯선 나라에 도착하면 일단 그를 낚시터부터 데려간다.

"날 거기 부려놓고 저네끼리 실컷 놀다오면 나는 종일 꼼짝 않고 거기에만 앉아 있제요. 난 외국 가서도 어설프게 영어 씨부리지 않고 딱딱 한국말만 해요. 미안합니다, 고맙습니다. 그래도 다 잘만 알아듣습디다."

그는 빨치산이었다. 3년을 지리산에서 살다 군경합동 토벌대에 체포됐다. 이데올로기 때문이 아니었다. 산에 간 건 아버지와 오빠를 찾기 위해서였을 뿐이다. 선택이 아니었다. 그 길밖에 없었다.

고계연의 이야기를 암만 들어봐도 인정 많고, 의협심 강하

삼천포 고기룡 일가의 일곱 남매.
가운데가 큰오빠, 모자를 쓴 이가 둘째오빠
고경전, 오른쪽 단발머리가 고계연이다.

진주 남강에서
친구들과 뱃놀이 하는 고계연

고, 오기 있고, 당차다는 것 말고 그에게서 사회주의자의 면모를 느낄 수는 없었다. 아니 되레 부잣집 딸다운 부르주아 근성, 이를 테면 일상용품의 고급 취향, 심미적 감각, 예술 애호, 풍류와 사치를 즐기는 태도, 고위 인사와의 교분, 사립학교 선호 등 민중적 삶과는 거리가 먼 인생관이 읽힐 뿐이다.

그런 그가 고집스럽게 전향을 거부하고 지리산에서 3년을 버틴 이유가 뭘까. 역사는 한낱 우스개일 뿐인지도 모른다. 신념이 아니라 우연에 의해, 이데올로기가 아니라 자존심에 의해, 계획이 아니라 충동에 의해 갈 길이 정해져버린다면? 그게 모여 개인의 운명이 되고 역사의 방향이 결정되는 것이라면? 그건 참을 수 없는 우롱이 아닌가.

양단이불 덮고 자는 '소공녀'

고계연은 삼천포 고기롱 백화점의 막내딸로 태어났다. 요즘 같은 백화점은 아닐지라도 지역에서는 꽤 알아주는 고급만물상이었다. 부친의 사업체는 백화점만 있는 게 아니었다. 제재소와 교과서 보급사업과 일본과의 무역에까지 손을 대는 서부 경남에서 다섯 손가락 안에 드는 거부였다. 굶주리던 시대였지만 그 집안에서는 모든 게 풍족했다. 아버지는 '딸은 교육을 더 많이 받아야 한다'고 생각하신 분이어서 막내딸을 여섯 살에 삼천포 유치원에 입학시키고 초등학교 졸업 후엔 서부경남 최고 명문이었던 진주공립여중(지금의 진주여·중고)으로 유학보낸다. 오빠가 셋에 언니 둘 남동생 하나였는데 새언니, 친언니 포함해서 고씨 집안 여자들은 모조리 콧대가 다락 같은 진주여고 출신이었다.

형제가 많고 살림이 넉넉하고 아버지가 자상하고 민주적이라 집안은 다복하기 짝이 없었다. 아버지는 며느리의 생일에 배구공을 선물할 만큼 신식 인생관을 가진 분이셨다. 집안 여자들이 서울에다 옷과 장신구를 주문해도 좋다는 사치를 허락하셔서 고씨 집안 여자들이 한번 외출하면 온 진주 바닥이 환해졌다. 고계연은 햇살 쏟아지는 마당에서 오빠와 올케들이 까르륵 웃으며 배구하는 것을 구경하곤 했다. 아버지는 책을 손에서 놓지 않으셨고 집안에 늘 화가 손님을 청해 그림을 그리게 하셨다.

"재주 있는 화가들이 한번 오면 일 년 이상 우리집에서 묵곤 했네요. 그림 그리는 데 몇 달, 풀을 쒀서 삭히는 데 몇 달, 삭힌 풀로 배접하는 데 또 몇 달……. 종종 그분들을 위해 잔치를 베풀기도 했는데 그럴 때면 흥에 겨워 화가들이 진주기생 치마폭에 난초를 쓱쓱 그려주는 것도 여러 번 봤네요."

그런 환경에서 자란 탓인지 고계연의 미감은 자신도 모르는 새 길러졌다. 자식들이 그림 관련 일에 종사하는 것도 그렇고 나이 든 지금 소일삼아 즐기는, 꽃을 말려 붙이는 압화라는 놀이(?)도 그렇다.

삼천포는 풍광이 아름답고 바다밭이 기름진 고장이었다. 날씨가 따뜻해 겨울에도 춥지 않았고 온화한 날씨만큼이나 사람들의 인심도 좋았다. 쾌활한 소녀 고계연은 곧잘 오빠들을 따라 바닷가로 낚시하러 가곤 했다. 지금도 그렇지만 '낚시란 남자들의 전유물'로 여기던 그 시절에 그는 오빠들 곁에 앉아 뽈락과 꽁치를 마음껏 낚아 올렸다. 더 어린 나이에는 복어를 잡아 배를 펑펑 터뜨리며 놀았다. 행복하고 찬란했다. 근심도 부족함도 없었다. 세상은 달고 청량했다.

진주여고 입학하던 해에 해방이 찾아왔다. 해방이 뭔지도 몰랐다. 단짝이던 일본인 친구가 이사가게 된 것이 서러워 붙잡고 엉엉 울었던 기억만 남아있을 뿐. 진주에서는 기숙사 생활을 했다. 집에서는 수시로 물 좋은 생선이며 떡, 과일을 기숙사로 보내줬다. 덕분에 고계연 학생은 걸레질 한번 하지 않는 특권을 누렸다. 다른 학생들이 후줄근한 무명이불을 덮을 때 그는 집에서 보내온 화사한 양단이불을 덮었다. 가히 '소공녀'의 호사를 당연한 듯 누렸다.

"내 생전에 호강할 것을 그때 다 해봤네요. 산에 있을 때 동지가 죽으면 나는 호사를 누릴 만큼 누려서 억울할 게 없지만, 이 사람은 평생 고생만 하다 죽는구나 싶어 더 가슴이 무너져 내렸네요."

학교 앞 등하교 길에는 중신아비들이 죽 늘어서는 진풍경이
벌어졌다. 중신아비들은 그렇게 서 있다가 눈길을 끄는 여학생
에게 다가가 뉘집 딸인지 묻곤 했다. 그렇게 인물을 먼저 보고
집안을 확인한 다음 혼담을 넣으려는 현장조사였던 셈이다.

그는 붓글씨를 잘 쓰고 수를 잘 놓는 학생이었다. 수줍어 말
을 잘 하지 않는 편이었으나 친구들은 그에게 '오만해서 그렇
다'고들 했다. 중학 5학년 때 결핵에 걸려 요양차 삼천포 집으로
왔다. 그것이 학창시절, 아니 빛나는 청년기의 마지막일 줄은
아무도 예측하지 못했다.

"둘째오빠 고경전은 부산상고를 다녔고 야구부 활동을 했어
요. 활달하고 유머감각이 넘치는 데다 다정다감한 사람이었죠.
얼굴과 몸매가 눈에 띄게 고왔던 학교 선생님과 연애결혼을 했
지요. 오빠는 인물이 훤칠하고 언변이 좋아 사람들 마음을 금방
사로잡았어요. 오빠 연설을 들으려고 운동장에 사람들이 모이
면 그 많은 이들을 마음대로 웃기고 울리는 재주가 있었네요.
그런 둘째오빠가 어느날부턴가 사회주의 사상에 빠져들기 시작
했네요……. 일본 메이지대 출신 사회주의자였던 장인의 영향
을 받아 그리 된 거랍디다. 따지고 보면 그 오빠로 인해 우리집
이 풍비박산 난 거네요."

전쟁과 소녀

아버지는 시국이 수상함을 재빨리 파악했다. 큰오빠를 시켜 둘째오빠를 일본으로 밀항케 했다. 독배를 한 척 사서 둘째오빠를 일본에 데려다 놓고 돌아온 지 일주일 만에 전쟁이 터졌다. 전쟁! 그날부터 삼천포 고기룡 백화점 대가족의 혼란과 참상이 시작됐다. 지난시절 안락하고 부유했던 그만큼 시련은 더욱 괴롭고 모질 수밖에 없었다.

인민군은 금세 삼천포까지 밀고 내려왔다. 친척이 살고 있는 섬으로 급히 피난을 했다. 그런데 피난지인 섬으로 누군가 기별을 보냈다. 작은 오빠와 연락이 닿는 사람인 듯했고 전세가 인민군 쪽으로 기울었으니 숨어 있지 말고 빨리 나와 협조하라는 것이었다. 아이들과 올케, 어머니, 할머니를 빼고 모두 삼천포로 나왔다. 고계연도 함께 나왔다. 그들은 형제들에게 감투 하나씩을 나눠줬다. 아버지와 오빠는 인민위원회, 그와 동생은 학생동맹, 언니는 여성동맹의 회원이 됐다. 민요풍의 노래도 배우고 학습도 받았다. 젊은 사람들이 모였으니 활기차고 쾌활했다. 재미도 있었다. 날마다 학생동맹 사무실에 나갔다. 전에 진주에서 학교 가던 것과 별다를 바 없었다.

그러기를 한 달 반 남짓. 갑자기 삼천포 앞 바다에 포탄 퍼붓는 소리가 요란해졌다. 국군의 반격! 전세는 다시 뒤집어졌다.

마을에 진주해 있던 인민군들이 다급히 후퇴하기 시작했다. 마을 분위기는 돌연 뒤숭숭해졌다. 어느 마을에선 부역자들이 전부 처형됐다는 둥, 산청이나 거창 같은 데선 보도연맹 사람들을 개처럼 끌고나가 죽였다는 둥 끔찍한 소문들이 흉흉하게 떠돌았다. 아버지와 오빠들은 행방을 알 수 없었다. 그들이 귀가하지 않은 지 며칠 째, 열아홉 고계연도 길을 나설 수밖에 없었다. 남아있으면 국군에게 잡혀 죽는다고 생각했다.

"그날이 마침 어머니 생신이어서 외갓집에서 밥을 먹었네요. 낮부터 함포사격 소리가 귀를 찢을 듯 들려오데요. 사방에는 피난민 천지였어요. 생일 떡을 한꾸러미 싸들고 학생동맹 사무실로 다급하게 갔더니 아무도 없어요. 다들 산으로 올라갔다고 하네요. 나더러도 얼른 가지 않으면 개죽음을 당할 거라고…… 놀라서 여성동맹으로 언니를 찾아갔네요. 언니는 사무실에서 금방 태어난 조카에게 젖을 물린 채 혼자 앉아있데요. 같이 가자고 권해도 한사코 안 일어서요. 갓난아기 때문에 도저히 산에는 못 가겠다고 해요. 그럼 언니는 여기서 죽어라, 나는 갈란다, 모질게 말해놓고는 길을 나섰네요. 가기만 하면 아버지와 오빠들을 만날 수 있을 줄 알았네요."

흰 블라우스에 몸빼바지, 등에 배낭 하나를 걸머지고 고계연은 산청 방향으로 하염없이 걸었다. 그게 시작이었다. 추석을 앞둔 8월 열사흘이었다. 달이 낮같이 밝았다.

1950년 9월 26일은 추석이었다. 이해는 늦더위가 심해 추석 무렵에도 한낮엔 제법 더웠다. 그날 아침 전주 교회의 친구 집을 찾아가는데 마산전선으로부터 북상해오는 인민군 부상병들이 꺼멓게 쩐 얼굴에 뽀얗게 흙먼지와 소금을 뒤집어쓰고 늘어진 걸음으로 삼삼오오 걸어오고 있었다. 이 무렵 인민군은 수송 수단이 부족해서 웬만한 부상병들은 제각기 걸어서 후송시키고 있었다. 뿔뿔이 걸어오기에 치료를 받지 못해서 상처에서 구더기가 끓는 경우도 있었고 야전병원을 찾아봐야 병원은 복도까지 부상병들로 가득 찼고 의약품도 태부족이어서 치료다운 치료를 받을 수도 없었다.

빨치산 수기 《남부군》을 쓴 이태의 글에 묘사된 상황도 이날쯤이었다. 낙동강 공방전이 치열하던 7월 말 이후 인민군은 전세에 밀려 북으로 쫓겨 올라가는 중이었고 고계연의 고향 삼천포에도 부산 쪽으로부터 유엔군들이 밀려오고 있었다.

국군을 피해 도망가는 행렬은 끝이 보이지 않을 만큼 길었다. 밤마다 달이 환하게 떴다. 그리고 어디선가 쓰르라미가 울었다. 춥지 않았고 배고프지도 않았다. 피곤하면 그냥 길가에 쓰러져 잤다. 곁에 사람들이 많아 무섭지 않았다. 아버지와 오빠들을 두리번거리며 찾았을 뿐 실은 아무런 감정이 없었다. 극한 상황이 오면 인간은 평소와는 달라지는 모양이다. 심지어 지리산에 살던 빨치산 여자들은 한창 나이였음에도 생리마저 끊긴 사람이 허다했다 한다. 몸이 알아서 제 주인에게 생리가 필요없다는 걸 깨달았을 것이다.

"다리가 아픈 줄도 몰라. 밤에 잠깐 눈을 붙이는 거 말고는 사흘째 걷기만 했네요. 하루는 자꾸 콧물이 흘러 닦아보니 피입디더. 대열에서 떨어지면 죽는 거니까 피가 나든 말든 그냥 걷는 거네요. 하늘에서는 비행기가 기총소사를 하고 부상병은 길가에 드러누워 있고 그야말로 아비규환이지. 그런데 누가 계연아 불러요. 돌아보니 큰오빠 친구가 서 있습디더. 길에 피가 흐른 걸 보더니 그게 니 피드나 하고는 길가에 누우라 캅디더. 어데서 수건을 물에 적셔와 머리에 얹어주고 뒤통수를 쳐서 지혈을 해주데요. 그래 놓고는 내 어깨를 한번 툭 치더니 제 갈 길로 얼른 가데요. 그 오빠도 나중 지리산에서 죽었네요. 살면서 한 번도 볼 수가 없었으니 죽은 게 맞지요."

점점 빨치산이 되어가다

그는 이제 예전의 양단이불 덮고 살던 부잣집 막내딸이 아니었다. 남원 쪽으로 가다 국군이 있으면 되돌아오고 산청 쪽으로 가려다 또 포기하고 대열은 그해 가으내 우왕좌왕을 거듭했다.

남원과 운봉과 인월과 함양 사이를 넘나들었다. 그러다 첫겨울은 함양군 마천 마을에서 났다. 그 마을로 들어간 피난민은 대략 백여 명쯤이었다. 그들은 시간 나면 함께 노래를 불렀다. 노어 공부도 하고 사상학습도 하고 당면한 문제가 있으면 진지하게 토론해서 결론을 함께 이끌어냈다. 그러는 새 소녀 고계연은 차츰 조국 통일과 인민해방을 꿈꾸는 공산주의자가 되어갔다.

이듬해 봄에는 아지트를 지리산 산청 쪽으로 옮겼다. 처음보다 대열은 훨씬 조직화되고 정연해졌다. 아버지와 오빠의 흔적은 찾을 수도 없었다. 그렇지만 산 아래 국군이 있는 곳으로 내려갈 수는 없었다. 그는 어느새 산을 타는 데 익숙해졌고 자신이 맡은 공문서를 배낭에 짊어지고 대열을 재빠르게 따라 붙었다. 산에서 가을과 겨울 새봄을 맞으면서 고계연은 싸리나무로 집 짓는 법을 배웠다. 연기 없는 비사리나무를 꺾어와 돌을 데워 즉석 온돌을 만드는 법도 익혔다. 겨울에는 체감온도가 영하 30도 이하로 떨어졌지만 덕분에 이겨낼 수 있었다.

"싸리나무는 비가 와도 젖지를 않네요. 나는 솜씨가 있어서 남들보다 맨손으로 싸리나무를 더 잘 끊어낼 줄 알았네요. 집도 더 짱짱하게 지었네요. 나뭇가지를 착착 걸쳐 열 명 남짓 누울 수 있는 아지트를 만들고 그 위에 풀을 덮어 감쪽같이 위장을 하는 데는 선수였네요."

빨치산의 최고 금물은 불과 연기였다. 불이나 연기는 멀리서

도 금방 눈에 띄어 나 여기 있으니 잡으러 오쇼라고 산 아래 주
둔하던 군인들에게 광고하는 것이나 마찬가지였다. 그러나 죽
으란 법은 없어 불을 피워도 연기가 나지 않는 나무도 있었다.
그게 싸리나무였다. 그는 지리산 숱한 푸세것들 중에서 싸리나
무를 골라내는 데도 선수였다.

빨치산이 되려면 세 가지 각오를 해야 한다 했다. 총 맞아 죽
을 각오, 굶어죽을 각오, 얼어죽을 각오. 죽음이 언제나 목전에
있었지만 고계연은 점점 빨치산 생활에 익숙해졌다. 그는 여맹
위원장 조복애의 휘하에 있었다. 산청의 천석꾼집 딸 조복애는
소련 유학을 마친 인텔리로 강인하고 냉철한 여성이었다. 나중
에 조복애는 월북 지령을 받고 일본으로 밀항해 북으로 갔다지
만 확인할 길은 없다.

가장 가까이 지낸 건 김지회 부대 소속 구빨치였던 김필호라
는 친구였다. 다부지고 영리하고 웃는 모습이 예쁜 처녀였다. 다
람쥐같이 심부름을 잘하던 김상전이라는 귀여운 소녀도 있었다.
"다들 총명하고 의지가 강했네요. 해마다 봄이 되면 지리산을
휘 한번 더트고 오네요. 길이 뚫려서 어디가 어딘지 몰라요. 그
래도 멀리 서서 능선을 가만 보면 우리 다니던 곳이 어디쯤인지
대강 짐작은 됩디더. 내가 요새 부쩍 필호 생각이 많이 나네요."

당시 그가 맡은 직책은 기술 서기였다. 여맹의 공문서를 작성
하고 각종 문건들을 정리하고 이동하고 보관하는 일이었다.

"노어 단어를 외우고 사상학습을 하고 바느질을 하고 날마다 바빠요. 걸핏하면 모여서 오락회를 하고. 지금 생각하면 잡념을 없애려고 일부러 그랬던 거 같네요. 산에서는 추운 것보다 배고 픈 것보다 더 참지 못할 게 따로 있습니다. 그게 뭔가 하면 바로 이네요. 이가 왜 그렇게도 많았던지 이 잡는 게 제일 큰 전쟁이 었네요. 딴 사람들은 전에도 이를 잡아본 모양이지만 나는 참말 로 자랄 때 이라고는 구경을 못 해봤네요. 하도 가려워 참지 못 해 계곡물에 들어가 옷을 벗고 탁탁 털면, 물 위로 이가 허옇게 뜹니더."

사령부에서 기록을 맡고 있으니 전투에도 보급투쟁에도 나가 지 않아도 좋았다. 생각하면 그는 어디서나 열외였다. 한번은 하 동 쪽으로 보급투쟁을 가는데 굳이 동지들을 따라가겠다고 나 섰다. 채 산 아래로 내려가기도 전에 총알이 빗발치듯 쏟아졌다.

"군인들이 총을 탕탕 쏴싸서 겁이 나서 못 내려가겠더라고 요. 그냥 오긴 미안해서 둘러보니 달밤에 밭에 새파랗게 시금치 가 자라고 있는 겁니더. 배낭이 빵빵하게 뜯어 왔지요. 동지들 이 내 배낭을 열어보더니 '아니 우리 고 동무는 삶아 묵을라꼬 담뱃잎을 이리 많이 따왔노?' 하면서 웃어싸요."

실수를 해도 산에서는 타박하지도 미워하지도 않았다. 재빠 르고 감각 있고 귀염성 있는 처녀 고계연은 여성동맹 안에서도 인기였다. "고 동무는 어찌 이리 곱게 생겼소? 빨리 오빠들을 만나야 할낀데"라면서 내 일같이 걱정해줬다.

열아홉에서 스물둘까지 고계연은 지리산 빨치산으로 보냈다. 지리산엔 산나물이 지천이었다. 봄날엔 그 산나물을 엄청나게 캤다. 최근 나는 경주 화가 박대성에게 산나물이 보통 야채에 비해 영양과 기운이 천 배 이상이라는 말을 들었다. 빨치산을 버티게 한 힘도 그리고 보면 지리산이 키운 나물에서 나왔던 것일까. 통통한 고사리, 향긋한 두릅과 쌉쌀한 취를 뜯어 돌 위에다 말렸다가 된장국도 끓여먹고 그냥도 먹었다.

바느질 솜씨가 유난히 좋아 옆 사람의 큰 옷을 몸에 맞게 고쳐주는 것도 처녀 빨치산인 그의 일이었다. 죽음을 지척에 두고도, 당장 오늘밤 잠자리가 없어도, 햇볕 아래 앉은 처녀는 행복했다. 곁에 친구가 있었고 부를 노래가 있었고 앳된 손가락들은 고물고물 산나물을 캐었고 한땀 한땀 바느질을 했다. 수저집에 수를 놓고 헌옷에 꽃 한송이를 새겼다. 당시 지리산 빨치산들은 이렇게 부르주아 근성 농후한 고계연을 비판하지 않고 사랑했던 것 같다. 곁에서 동지들이 턱턱 죽어 자빠지는 굶주리고 헐벗는 상황 속에서도 그들의 산 생활이 지옥만은 아니었던 것 같다.

토벌대의 공격이 거듭돼도 희한하게 총알은 그를 비켜갔다. 집중 사격을 받으며 이동하다 보면 스물이 열이 되고 열이 다섯이 되는 수가 허다했다. 그 속에서 살아남기를 여러 번 거듭했다. 살고 죽는 일이 덤덤해졌다. 그리고 차츰 더 강인해졌다.

"밤에 산에서 아랫동네 불빛을 가만히 내려다보고 있으면 마음이 약해집디더. 내사 어머니 외에는 아무것도 걸릴 게 없어요. 그러나 처자식을 떼놓고 올라온 남자들은 다른 갑십디더. 그때 주로 많이 내려갑디더. 말리지는 않습니더. 자수하면 대한민국의 품속으로 받아준다는 선무방송이 날마다 나오거든요. 여자들은 거기 잘 안 넘어갑디더. 나도 내 사전에 자수는 없다고 생각했네요. 살려준다는 건 거짓말이다 싶었네요. 내려가나 여기 있으나 죽는 건 마찬가지다 싶으니 자수할 생각이 없어집디더."

위원장 조복애가 어느 날 사라졌다. 북으로 갔다고도 하고 토벌대에게 잡혀 총살됐다고도 했다. 조복애가 떠난 이후 그는 이현상이 사령관으로 있던 남부군으로 소환되어 간다. 1952년 봄이었다. 구빨치들은 점점 지쳐가고 토벌 작전은 갈수록 기세가 등등해졌다. 백선엽 토벌대가 지리산에 뜨면서 산중 생활은 더욱 힘겨워졌다. 전투 때마다 동지들의 숫자는 쑥쑥 줄고 토벌의 일환으로 비행기로 재귀열 병균을 뿌린다는 소문도 돌았다.

"산에서 낯선 부대를 만나면 늘 물어봤네요. 삼천포에서 올라온 고기룡 씨 소식을 모릅니까. 한날은 어디서 본 듯한 사람 하나가 날 가만히 보더니 자네 아버지와 큰오빠는 돌아가셨네, 합디더. 내가 그 자리에 털썩 주저앉았네요. 하동쯤의 산에서 장티푸스 비슷한 병으로 토하고 싸고 하다가 돌아가셨다고 하데요…… 큰오빠는 산 생활을 그렇게나 못 견뎌 했다고 합디더. 그 병이 바로 재귀열이었네요. 당시 지리산에 병균을 뿌린 거는 확실합디다. 그러나 그걸 누구한테 따집니꺼. 사망 소식을 들은 후론 맥이 좍 빠지데요. 전에는 힘드는 줄 모르던 것들도 뭐든지 그렇게 힘이 듭디더."

까마귀야 울지 마라

마침내 그해 겨울 그는 생포되었다. 동상으로 발이 부어 혼자서는 걸을 수도 없게 된 이후였다. 이제 죽는다, 차라리 잘됐다 싶었다.

　"마지막 전투가 있던 날입니다. 무기도 없고 인원도 모자라고 당해낼 재간이 없었네요. 우리는 40명가량 됐습니다. 국군이 포로를 일렬로 세워놓고 각자 자기 앞에 구덩이를 하나씩 파라고 합디다. 팠지예. 각자 판 구덩이 앞에 나란히 서라고 해서 섰지예. 그런데 오른쪽으로 1번부터 하나씩 총을 쏘는 겁디다. 그러면 방금 제가 파놓은 구덩이 안으로 툭툭 떨어지네요. 무섭지도 분하지도 않습디다. 아무 생각이 없습디다. 나는 대열의 중간쯤에 있었네요. 한 25번이나 됐을까. 빨리 내 차례가 왔으면 싶었네요. 죽으면 발이 아파 우는 짓도 안 하겠지, 이가 내 몸을 파먹지도 못하겠지……. 내 옆에 있는 동지들이 한 스무나믄 명

구덩이 속에 처박혔는데 산 아래서 누가 소리를 지릅디다. '사격 중지! 생포!' 그러니까 총질이 멈춥디다. 나는 내가 판 구덩이에 안 묻혔습니다. 안 죽고 살아났습니다. 그게 뭔 일입니껴."

걸음을 못 걷는 그는 산 아래 마을에 사는 노인의 지게에 얹혀 지리산을 내려왔다. 사방에서 시체 썩는 냄새가 진동했다. 노인의 발걸음이 휘청할 때마다 차라리 저 골짜기 아래로 뛰어내릴까 생각했다. 모든 것이 다 싫었다. 산에는 까마귀가 까맣게 덮여 있었다. 노인에게 저게 뭐냐고 물었다.

"그랬더니 '시체 파먹을라고 온 까마귀 아이요' 하네요. 우리가 늘 부르던 노래가 있었네요. '산에 사는 까마귀야, 시체 보고 울지 마라. 몸은 비록 죽었지만 혁명정신 살아 있다.' 고작 날짐승의 밥이 되려고 그렇게 힘들게 버텼던가 싶습디다. 살아서 이 일을 증언해야 된다 싶고 이렇게 소문 없이 억울하게 죽을 수는 없다 싶고……뛰어내릴 생각을 그만 거뒀네요. 그날 까마귀가 내 생명의 은인이네요."

그렇게 포로가 되었다. 수용소를 전전했다. 남원수용소에 있을 때 미8군 펠프라이트 장군이 사찰을 나왔다가 그를 지목해 왜 전향하지 않느냐고 물었다. "어제까지 서로 총을 겨눴는데 지금 전향을 하겠다 한들 그게 진심이겠느냐"라고 대답했다. 펠프라이트는 납득한다는 듯 고개를 끄덕이고 돌아갔다.

포로수용소 생활은 인간 이하의 학대의 연속이었다. 산에서는 신뢰와 희망이 있었건만 내려와서는 모욕과 수모뿐이었다. 그것 때문에라도 전향은 불가능했다. 모욕은 인간을 적의로 뭉치게 만들 뿐이다. 절대로 화해는 불가능했다.

일단 수용소에 들어온 포로는 협정에 의해 함부로 죽일 수는 없었다. 재판을 해야 했다. 광주도청 앞에서 군사재판이 열렸다. 재판장이 마지막으로 할 말이 없느냐고 물었다.

"딱 한마디만 했네요. '나는 남을 해친 적이 없습니다' 라고. 저 뒤로 어머니 모습이 보이데요. 늘 하던 대로 한복을 얌전하게 입고 오셨습디더. 그날 하얀 모시옷을 입고 울어쌓는 어머니 모습이 두고두고 안 잊히데요."

어머니와 올케들이 갖은 방법으로 손을 써놨던 모양이었다. 그는 징역 3년을 언도받았다. 형량이 너무 작아서 깜짝 놀랐다. 당시 빨치산을 변호하던 변호사도 있었던 모양이다. 아버지와 오빠는 사라졌어도 어머니는 고기룡 백화점의 안주인이었다. 돈이 있었으니 그 지경에서도 변호사를 선임할 수 있었던 모양이다. 육군 본부에 탄원서를 제출하고 사람들을 모아 구명운동을 벌이고 고계연은 죄가 없다는 서명을 받아내고…… 어머니와 언니들의 애끓는 노력으로 그는 50일 만에 형 집행정지로 풀려났다. 파격적인 판결이었다. 행운은 언제나 그의 편이었다. 그러나 그러는 동안 그의 집은 파산이 나버렸다.

"대한민국의 따뜻한 품에 안긴 거네요. 하도 따뜻해 발가락이 다 떨어져나갔다고 내가 늘 농담을 합니더. 돌아와 보니 우리집엔 남자들은 아무도 없데요. 그 잘났던 아버지와 세 오빠와 남동생까지 다섯 명이 모조리 없습디더. 할머니, 어머니, 올케들과 언니와 나. 여자들만 소복하게 남았데요. 전쟁 전에 어떤 점쟁이가 우리집 앞을 지나가며 그런 말을 한 적이 있답니더. 이 집은 여자들만 살아남겠다고. 그 예언이 무섭게도 딱 맞은 거네요. 살림은 물론 완전 거덜이 나부렀습디더. 올케들은 부자집 딸들로 자라 세상 물정을 암것도 몰라요. 오빠들을 대신해 남은 조카들은 내가 맡아야 된다는 책임감이 펄펄 끓었네요."

오빠들은 죽었어도 다행히 집집마다 자식들은 두셋씩 떨구어놓고 갔다. 그 조카들을 자기가 거두지 않으면 안 된다는 사명감이 들었다.

운명이 시키면 시키는 대로

그로부터 삶이 시작되었다. 별의별 일에 다 뛰어들었다.

"나는 '살고재비'네요. 뭔 일이든 다 잘해요. 가만 보면 아버지의 사업 수완을 내가 물려받은 거 같애요. 내가 부잣집 딸노릇만 했으면 바보였을 겁니더. 그런데 산 생활이 나를 야물게 만들어놨네요. 여자라고 해서 남자보다 못하지 않다는 걸 우선 알았고 사람은 운명이 시키면 시키는 대로 무슨 일이든 다 할 수 있다는 거, 나는 세상 천지 못 할 게 아무것도 없는 인간이란 거를 확실하게 깨달았네요."

오빠가 남긴 조카들을 잘 거둬야 한다, 삼천포 고기룡 백화점, 친정의 찬란한 시절을 되살려야 한다는 강박이 언제나 그를 강하게 풀무질했다. 광주 호남여객에 취직했다. 교통관제협회에도 취직했다. 편물 일을 배웠다. 일본 디자인을 본떠 옷들을 만들어 팔기 시작했다. 솜씨 좋은 그의 옷은 잘도 팔렸다. 그러나 형 집행정지로 풀려난 여자 빨치산에게 세상이 관대할 리가 없었다. 경찰은 따라다니며 감시를 했다. 자리를 잡을 만하면 도망갈 일이 생겼다. 지하 조직운동의 꿈틀거림이 있으면 여러 군데서 선을 대왔다. 아무리 발을 빼도, 아무리 연관이 없다 해도, 곧이 들어주지 않았다. 철창 속은 아니었어도 쫓기는 생활에서 해방될 순 없었다.

"내가 이사를 서른여덟 번을 했네요. 이 집이 마흔 번째 집입니더. 인제 쪼매 안정이 되는 거 같네요. 환갑을 넘기고 나니 비로소 발자국이 제대로 떼지는 거 같데요."

평생 그는 빨치산 딱지를 뗄 수가 없었다. 김영삼 정부 이후에야 곁을 맴돌던 형사들이 사라졌다.

"애들을 데리고 얼마나 돌아댕겼는지 그 말을 어째 말로 다 하겠소. 그래도 애들 기죽이기는 싫었네요. 갸들 초등학교는 네 놈 다 사레지오(명문사립학교)를 넣었네요. 간도 크지. 부자들도 못 하는 짓을 나는 했네요. 어려서 살던 가락이 있어서 내가 암만 없이 살아도 이불은 양단이불을 덮었네요. 그러자니 살기가 오죽 힘이 들었겠소. 방학만 하면 온 식구가 천막을 가지고 강가나 바다로 갔네요. 집을 아예 비워불어요. 아무도 찾아오는 사람이 없다 싶으면 얼매나 맘이 편튼지…… 가서 애들 아부지하고 낚시를 하지요. 애들은 물가에서 놀고……그때가 제일 좋았네요."

낚시와 이불은 산에서 내려온 그의 삶을 버티는 커다란 두 기둥이었다.

동병상련 청년과의 만남

아참, 그의 결혼에 대해 아직 말하지 않았다. 그는 형무소를 나와서 동상으로 망가진 발을 수술하기 위해 병원에 입원한다. 통증은 그만두고 악취 때문에 견딜 수가 없었다. 그 병원에 산에 있을 때 같이 지내던 아바이 동무라는 구빨치 한 사람이 문병을 왔는데 그를 따라온 낯선 젊은이가 있었다. 고계연에 대한 풍문을 익히 듣고 온 모양이었다. '남부러울 것 없는 집안의 딸이 산에서 3년을 버텼고 동상으로 죽을 고비를 넘고 있다는 것, 부르주아 집안이 엉망진창이 됐다는 것, 영리하고 강인한 여자라는 것.' 그 청년은 고계연을 물끄러미 바라보다 갔다. 말은 한 마디도 없었다. 그랬는데 그날 이후 날마다 편지를 보내오기 시작했다. 진지하고 침착한 편지였다. 장흥 출신으로 원래 소학교 교사였다는 이야기, '유치'라는 곳에서 빨치산 활동을 하다 토벌대에 잡혔다는 이야기, 자신의 사상으로 가족에게 고통을 줘서 가슴 아프다는 이야기. 산에서 내려온 이후의 참담한 심경들이 잔잔하게 쓰여 있었다. 연애감정이 담긴 건 아니지만 편지는 시적이었다. 격조가 있다고 생각했다. 동병상련의 고통이라 병실에 누운 그에게 편지는 큰 위로가 되었다.

그 무렵 경찰은 걸핏하면 좌익 일제소탕을 벌였다. 아무 일이 없어도 잡히기만 하면 다시 감옥 행이었다. 우선 피하는 게 상수였다. 퇴원하고 호남여객에 다니던 고계연은 일제소탕령이 내리자 당시 광주 합동통신 기자였던 그 사람 김봉철 씨에게 구원을 청했다. 피신을 도와달라고 호소했다. 도망치기에는 발이 아직 온전치 않았던 것이다. 김봉철 씨는 고계연을 밤새 업고 걸었다. 여수까지 빠져나갈 수 있게 도와줬다. 여수에는 당시 이화여대에 다니던 단짝 친구가 있었다. 친구는 요주의 인물인 그를 따뜻하게 맞아줬다. 친구 어머니는 쫓기는 딸의 친구에게 한복 한 벌을 장만해줬다.

"세상은 다 남이 도와줘서 살아가는 거제요. 눈물 한번 훔쳐주고 콧물 한번 닦아주는 게 다 나중에 저한테 고대로 돌아오네요. 남들한테 베풀면서 살지 않으면 그거는 사는 게 아니네요."

그날 힘겹게 도피시켜준 김봉철 씨와는 이후 연락이 끊겨버렸다. 궁금했지만 아무도 모른다고 했다. 나중에야 그가 그 일로 인해 3년의 옥살이를 치른 것을 알게 됐다. 출옥 후 둘은 다시 만났다. 광주에서 인쇄소를 차렸다며 청혼을 해왔다. 망설였다. 조카들을 두고 어찌 결혼을?

어머니가 적극 권했다. 벌써 스물일곱이나 먹은 노처녀가 돼 있었다. 결혼을 안 한다면 몰라도 한다면 이 사람과 해야지 생각했다. 가난한 집안의 아홉 남매 중 장남, 그게 장애가 되지는 않았다. 결혼식은 삼천포 집에서 치렀다. 당시엔 드문 신식 결혼이었다. '다 망해도 남은 끄터리가 있어서' 결혼식은 성대했다.

그러나 형제 많은 집의 맏며느리 역할은 일생 그의 허리를 휘청이게 만들었다. 시동생들까지 한 집에 열 식구가 복작거릴 때가 대부분이었다. 더구나 바늘 떨어지는 소리만 들려도 이삿짐을 싸야 했다. 남편의 인쇄소는 허울뿐이었다. 부부의 전력이 그러니 '1급비밀 취급인가'란 게 나오지 않았다. 그게 없으면 관공서 일을 할 수 없고 관청 일을 못하면 돈이 생기지 않았다.

곤궁은 필수였다. 그러나 그는 씩씩하고 맹렬하게 살아나갔다.

"제 죽을 구덩이 앞에서 살아낸 내가 뭘 하든 힘이 들겠소? 못 할 일이 뭐가 있겠소? 내 새끼 내 조카 살리는 일에 뼈라도 갈아 바치지 못했겠소?"

사회주의자로 쫓기던 그가 양색시의 아이보리 비누, 초이스 커피를 보따리에 담아 팔러다녔다는 것은 코미디 중에서도 상급이다. 그는 빨치산보다도 장사 일에, 초이스커피 같은 이국적인 향에 태생적으로 익숙했던 부르주아였다. 그런 그가 구빨치 빼고는 지리산에서 가장 오래 버틴 축이었다는 건 아이러니치고도 해괴하다.

집을 지어 팔기도 했다. 이상하게 하는 일마다 잘됐다. 경찰을 피해 느닷없이 보따리를 싸서 도망치는 일만 아니라면!

부산의 부자 친척이 하는 이불을 갖다 팔기도 했다. 다른 이불이 1백 원일 때 1천 원을 받는 고급이불이었다. 아무도 사러 오는 사람이 없었다. 광주는 부산과 엄청나게 생활 수준이 차이 나는 동네라는 것을 새삼 확인하기도 했다. 고위층을 고객으로 삼을 수밖에 없는 장사였다.

어느 해 밍크이불이란 것이 대유행을 했다.

"그해 겨울에 천 개를 팔았네요. 그랬더니 도대체 고계연이 누군가 보러 오는 사람도 있데요."

나눔의 철학

하나를 보면 열을 안다고 했던가. 그는 친화력이 대단하고 신뢰를 주었고 매사에 적극적이었다. 따라서 세일즈에 탁월한 솜씨를 발휘했다. 지리산 빨치산 부대의 명랑했던 소녀는 세상에 내려와서 유능한 세일즈우먼으로 변신했다. '화성이불'이란 상호가 붙은 고급이불 가게는 차츰 고객이 늘어났다. 차도 샀다. 고급차로 배달되는 이불이라야 상품 가치를 인정받는다는 상술도 금방 터득했다.

그는 지금 30년째 이불집 할머니로 살고 있다. 해마다 얼마나 많은 이불이 이불 없는 사람들에게 몰래 전해지는지 그건 아는 사람만이 안다. 자기 손에 든 게 없으면 주변 넉넉한 사람들을 독려해 거둬들이는 재주도 남다르다.

"옷이고 이불이고 집에다 쌓아두면 뭘해요. 물난리 만난 사람들, 집이 불탄 사람들, 당장 아쉬운 그런 사람들에게 전해주면 얼마나 요긴하게 쓸건데……. 그리고 그게 돌고 돌아 결국은 다 내한테로 되돌아올 건데……."

그게 그의 철학이다. 그건 온정주의지 사회주의는 아닌 것 같다. 그러나 그는 평생 죄인으로 쫓겨다니며 살았다. 그러는 중 온정주의는 더 넓게 확장되었다. 왜냐하면 어려울 때마다 주변 사람들이 싫은 내색 없이 도와주는 걸 확인했으니까. 인간의 바탕이 선하다는 걸 체험하게 됐으니까.

자신의 젖이 흔할 무렵 동네 과일장사나 생선장사들은 애를 으레 이불집 주인에게 맡겼다.

"씻기면 땟국물이 열두 바가지가 나오지. 내 젖이 흔하니까 한 통 먹여 재워놓으면 종일 울지도 않아요."

젖을 선뜻 내어준 건 사연이 있다. 둘째를 낳고 한 달 만에 그는 경찰서에 또 붙들려갔다. 이유는 없었다. '그저'가 이유였다. 젖이 불어 앞섶으로 넘쳐흘렀다.

"히야. 젖도 언다는 걸 그때 알았네요. 기름기라 안 어는 줄 알았더니 하도 추우니 젖도 얼드만요. 얼어서 앞섶이 장판같이 변했습디더."

곧 풀려났다. 담당 경찰을 다방에서 만나 이야기만 잘하면 얼마든지 풀려날 수 있는 사안이었다. 그 이후 넘치는 젖은 흘려버리지 않고 얼른 남을 줬다. 장사하는 아낙들의 아이들을 데려오는 것도 그런 이유였다.

그는 독설도 썩 잘했다.

"내사 마 박사는 벅수라 칸다. 지 전공인가 뭔가 말고는 도대체 머리를 못 쓰는 것들이 박사 아이가" 하기도 하고 "나는 마 톡 깨놓고 대한민국 경찰을 먹여 살린 건 좌익이라 칸다. 좀 돈이 벌릴라 카믄 정기적으로 얼마씩 상납을 했습디더. 어데 우리만 그랬겠나. 좌익들이 돈 벌어서 대한민국 경찰들을 전부 먹여 살렸습니더"라고도 한다.

이제사 꽃이 보이다

광주 배고픈 다리 옆에 자리한 고계연 선생 댁에는 어른 키를
넘는 치자나무가 자라고 있었다. 내가 그 댁에서 잠들었던 어느
여름날 침대 머리맡에는 수백 송이의 치자꽃이 피어 있었다. 거
기서 풍기는 향기는 명품 향수 대여섯 병을 한꺼번에 엎지른 듯
현란했다. 고 선생은 그 치자나무 앞에다 화장대를 옮겨놨다.
그리고 아침마다 거기서 머리를 빗는다. 그는 꽃을 말려 압화를
만들고 잡은 물고기로 어탁을 한다. 누구에게 배운 게 아니라
혼자 심심해서 해보는 짓들이다. 들여다보면 하나같이 참 아름
답기도 하다. 이런 생활 속의 호사가 그에게는 사치라기보다 자
연스러운 삶의 조건이었건만 그는 지금껏 탁월한 심미안을 저
만치 던져두고 인생의 굴절을 거듭해왔다.

그리고 이제 그 자식들의 시대가 되었다. 자식들은 부모의 피
를 받아 다들 예술가 기질이 농후하다. 1남 3녀. 남편 김봉철 씨
는 자식 넷을 남기고 쉰다섯에 세상을 떠났다. 돈을 벌 줄은 몰랐
어도 뜻이 맞고 대화가 통하고 사람을 아낄 줄 아는 사람이었다.

"우리는 평생을 참 좋게 살았네요. 그 사람이 가고 나니까 진

짜로 세상 살기가 싫데요. 이젠 죽어도 아무 상관 없습니다. 어차피 나는 덤으로 사는 건데…… 이만하믄 너무 오래 살았심더."

삼천포 사람이 광주 사람이 된 건 그의 말씨가 증언한다. 경상도 어미와 전라도 억양이 반반씩 섞여 독특한 뉘앙스를 만들어낸다. 그런 말씨로 그는 흥분과 냉정을 적절히 섞어 얘기한다.

바둑을 좋아해 날마다 기원에 박혀 있는 남편에게 그림을 배우러 가라고 떠민 것도 그였다.

"애들 아빠는 평생 고문 후유증으로 고통을 받았네요. 당신 죽은 후에도 애들이 볼 수 있게 그림을 그려보라고 권했지만 실은 그림 그리는 중에 아픔을 잊어버리라고……."

늦깎이로 시작한 그림으로 남편은 전남 도전에서 최고상을 받고 국전에 입선도 한다. 지금 그의 집 여기저기에는 김봉철 씨의 먹그림이 걸려 있다. 그러나 부부가 진정 즐긴 건 낚시였다. 함께 물을 바라보고 앉으면 모든 시름이 잊혔다.

"참 숱하게 강가에 앉아 밤을 새웠네요. 찌를 보고 물을 보고 하늘을 보고 있으면 아무 생각도 안 나요. 아버지, 오빠, 산에서 죽은 사람들이 생각나서 미칠 것 같으면 다 싸 짊어지고 강으로 낚시를 떠났습니다. 나중에 형편이 좋아져서는 다른 나라까지 갔네요. 내가 지금 일본의 떡밥 회사인 마리큐우 사의 필드스텝이네요. 광고 모델도 합니다. 낚시연합회 행사가 있으면 빠지지 않고 나갑니더. 낚시가 아니면 나는 밑바닥 인생으로 떨어져버렸을지도 모르네요."

그에게 낚시는 취미가 아니라 생존법이었다. 상처난 마음을 위안하고 약 발라주는 치료였다.

역사의 가장 중요한 부분은 개인

고계연의 아들은 의과대학 교수로 재직 중이다. 법대에 가려다 부모의 전력을 알고는 며칠을 울면서 포기했던 아들이다.

의사가 되면 어느 세상에서나 요긴하게 써먹을 수 있다더라면서 은근히 아들의 의대 진학을 권했었다. 큰딸은 어머니의 화성이불을 맡아서 운영한다. 마음이 한없이 어질고 솜씨가 빼어나다. 둘째딸은 이탈리아 최고의 상업화랑 카피소의 전속화가로 세계를 누비며 독특한 동양적 신비와 미를 드러내는 그림을 선보인다. 자신이 펴낸 화집 맨 앞장에 'to my mother'란 헌사를 써 어머니의 가슴을 찡하게 울렸다. 막내딸은 이탈리아에 있는 언니에게 놀러갔다가 거기 눌러앉아 복원미술을 공부했다. 지금은 미국 백악관 내 미술품 복원 작업에 참가 중인 실력자가 되었다.

"지난달에 막내딸이 손주를 낳아 뉴욕에 갔다왔네요. 사위는 영국 사람이네요. 박사학위를 셋이나 가진 아주 잘생기고 멋진 녀석이지요. 내가 뉴욕까지 가서 그냥 올 리가 있나요. 자메이

카 베이에서 바다낚시를 했네요. 세상에! 내 생전 잡아본 고기 중 가장 큰 걸 이번에 잡았습니더. 길이 1미터짜리 농어를. 무게가 10킬로그램이나 되는 놈을……. 내가 칠십 넘도록 살아 뉴욕 앞바다에서 이렇게 큰 고기를 잡을 줄 그때 지리산에 있던 동지들이 짐작이나 했겠소? 인생은 참 신비합디더."

역사는 그렇게 흘러간다. 그의 집 테이블 아래에는 이런 글귀가 써 있었다. 나는 그걸 얼른 외워왔다.

'대화에서 피를 얻고 독서에서 살을 얻어라. 옥을 갈 듯 끊임없이 자신을 갈고 닦아라.'

한 사람의 인생의 무게는, 곡절 속을 헤쳐나온 개인의 체험은, 그 나라 역사에 깊이와 부피를 덧얹는다. 개인사의 총합이 곧 역사일 순 없겠지만 역사의 가장 중요한 부분은 전쟁이나 혁명이나 왕조의 흥망이 아니라 개인사 안에 있다고 나는 생각한다. 그러므로 역사는 존엄하고 아프고 우리 앞에서 저렇게 야문 보석처럼 빛나는 것이다.

⋯⋯⋯⋯⋯⋯⋯⋯⋯⋯⋯⋯⋯⋯⋯⋯⋯⋯⋯⋯⋯⋯⋯⋯⋯⋯⋯⋯⋯⋯

덧붙임: 서울 오신 고 선생이 전화를 했다. 몹시 수척해지셨지만 의연하긴 마찬가지다. 대수술을 하느라 몸무게가 15킬로그램이나 빠졌노라 하신다. "그래도 낚시만 가믄 다 괜찮십니더. 작년에는 그 소원하던 바이칼에도 갔다왔네요. 얼어붙은 바이칼을 보니 이게 뭔데 그토록 그렸던가 싶어 억장이 무너지데요. 날이 따스워지면 지리산에 갈

겁니더. 노고단에 올라서 이 능선 저 능선을 실컷 바라보고 앉았다가
오는 거제 딴 거는 없네요"(2007).

《여자전》 재출간 소식을 전하러 오랫만에 광주로 전화했다. 화성이불
을 경영하던 큰따님이 전화를 받는다. 고 선생 건강이 어떠시냐 물으
니 문득 입을 다문다.
"어디 편찮으세요?"
"예. 울어머니 치매에 걸리셨어요. 서령 선생 못 알아보십니다."
인생은 잔인하고 장엄하고 쓰라리다.
"여름 되면 창밖의 치자꽃은 여전히 피나요?"
"아니오. 어머니 편찮으시고 치자도 죽었어요"(2017).

한 점 혈육도 없이 아흔아홉 시부를 모시고 한국전쟁 때
월북한 남편만 기다리던 할머니. 죽으면 썩을 몸이라며
평생 자신을 아끼지 않은 할머니에게 경천동지할 일이 생겼다.
54년 만에 금강산에서 남편을 만난 것이다.

왜 살아도 살아도
끝이 안 나노

반세기 넘게 홀로 가문을 지켜온 종부 김후웅 할머니

金
後
雄

인생이 한바탕 꿈이라고 사람들은 말한다. 풀잎에 맺힌 이슬이라고, 봄꽃이 지기 전에 이미 가을 오동잎이 떨어진다고, 청춘인가 했더니 백발이라고, 탄식을 거듭한다.

김후웅 씨는 여든이 넘은 할머니다. 안동의 광산김씨 유일재 惟一齋 종가의 종부다. 남편은 한국전쟁 때 월북했다. 슬하에 혈육 한 점 없다. 아니 없지는 않았는데 어려서 홍역에 잃었다. 평생 혼자 살아왔다. 그는 자신을 위해 새옷 한 벌 산 적 없고 더운 음식 한번 편하게 입에 넣어본 적이 없다. 한때 화장품 행상을 하고 다닌 적은 있지만 입술에 루즈를 발라본 일은 없다. 서른이 좀 넘으면서부터 '죽으면 썩을 몸'을 입에 달고 살았다. 죽으면 썩을 몸이기에 잠시도 쉬지 않고 일을 했다.

개발연대의 일중독 남성들, 21세기 젊은 벤처 기업인들의 워크홀릭이 1925년생 김후웅의 일중독을 당해낼 수 있을까. 어림없을 것이다. 그는 무상이나 허망을 말하지 않는다. '어느덧 백발'은 커녕 '세월이 어찌 이리 더디 가냐?'고 탄식한다. "왜 살아도 살아도 끝이 안 나노?" 할 때가 있고 "내가 아직 팔십밖에 안 됐단 말이라? 한 구십 년은 산 것 같은데"라고 천지신명의 계산 착오를 항의하고 싶어할 때도 있다.

한번은 김후웅 씨와 떡방앗간에 같이 간 적이 있다. 백설기를 찌는 데 한 시간 반이 걸리니 텔레비전을 보시며 기다리라고 방앗간 주인이 말했다. 콩고물 냄새, 쌀가루 익는 냄새를 즐기며 내가 텔레비전에 몰두하는 동안 그는 방앗간 귀퉁이에 수북이

金後雄 김후웅

1925 - 태어남
1944 - 19세에 혼인. 종가 생활
1945 - 해방
1947 - 홍역으로 아이 잃음
1949 - 좌익 활동 혐의로 남편 구속
1950 - 한국전쟁. 남편 월북
2003 - 54년 만에 금강산에서 남편과 상봉
2014 - 별세

쌓인, 찐득하게 떡이 말라붙은 헝겊 무더기를 비누질해서 빠는 데 몰두했다. 드라마 한 편이 끝날 때쯤 그 집 길다란 빨랫줄은 백여 장의 하얀 천조각으로 가득 차 펄럭였다.

"바빠서 보면서도 못 빨았는데……사흘이나 벼르고 있던 일을……노인이 어째 이래 번개같이 하셨니껴?" 방앗간 주인은 고맙다고 몇 번이나 절했고 한사코 떡값은 받지 않겠다고 사양했다. 왜 체통없이 남의 궂은 일을 도맡느냐고 핀잔했더니 그는 "남이 아이따, 야야. 이 집이 삼종숙모의 친정 손자가 하는 집인데 남은 어예 남이로? 그라고 번히 텔레비전이나 보고 앉았으믄 뭐하노? 죽으면 썩어 없어질 손을……" 하고 펄쩍 뛰었다.

사돈의 팔촌까지는 남이 아니라는 생각, 죽으면 썩을 몸이라는 생각, 그건 이를테면 김후웅의 도저한 인생철학이다. 그에게는 유희도 없고 오락도 없었다. 휴식이나 재충전의 시간 같은 건 더구나 필요치 않았다. 그저 눈만 뜨면 일을 했다. 잠자는 시간을 따로 여뤄놓지도 않았다. 한밤에도 새벽에도 무언가 일거리를 끊임없이 찾아냈다. 바느질을 하거나 뜨개질을 하거나 정할 게 없으면 콩바가지에서 썩은 콩이라도 골라내야 직성이 풀린다. 그의 일에는 목적이 없다. 돈을 벌기 위함도 성취감을 노린 것도 아니다. 다만 죽으면 썩을 몸을 재우거나 놀려두는 것이 너무도 아깝고 안타깝고 죄스럽기 때문이다.

죽으면 썩을 몸

그의 철학에 '죽으면 썩을 몸'만 있는 것은 아니다. 정반대되는 이데올로기가 또 하나 있으니 그건 신외무물身外無物이라는 사상이다. 하긴 그는 사상이란 말이 딱 질색이다. 남편이 사상이란 괴물 때문에 북으로 넘어가버렸다고 여기니 그 말만 들어도 머리끝이 쭈뼛쭈뼛하다.

추운 날 옷을 얇게 입은 사람을 만나면 그는 펄쩍 뛰면서 목에 건 수건을 벗어서 걸어준다. "날 추운데 몸을 얼려놓으면 그 냉기가 3년을 가더, 신외무물인데 왜 요량없이……" 하며 혀를 차고 누가 행여 끼니때를 놓쳤다고 말하면 "그라면 창주(창자)가 말라버리니더. 신외무물이지 딴 게 뭐가 중하다고……" 하면서 우유라도 하나 사와서 먹이지 못해 안달한다.

그러나 그 신외무물은 자신에게는 적용되지 않는다. 언제나 타인에게만 해당되는 원칙이다. 스스로의 몸은 '죽으면 썩을 몸'이고 다른 사람의 몸만 '신외무물'이다. 김후웅은 일생 '죽으면 썩을' 자신의 몸을 잠시도 쉬지 않고 움직여서 '신외무물'인 다른 사람의 몸을 돌보며 살아왔다.

상반된 그 두 가치가 충돌을 일으킨 적은 한 번도 없다. 갈등 또한 없었다. 자신의 몸을 남의 몸과 저만치 분리하는 태도를 뭐라고 이름 붙여야 할까. 희생이라기엔 너무 자발적이고 겸손이란 말은 너무 여리고 자학은 영 개운치가 않고 사랑이라기엔 쓸쓸하고 허무라고 불러봐도 적절치 않기는 마찬가지다.

　그런 그에게 경천동지할 변화가 생겼다. 50년이 넘게 '죽으면 썩을 몸'을 각성하고 살아온 그가 여든 다 된 나이에 갑자기 인생에 애착을 보이기 시작했다. 하루는 전화가 왔다.

　"야야, 통일이 되기는 될라?"

　"언제 돼도 되기야 되겠지요."

　"내가 통일될 때까지 살아낼라?"

　통일, 그 애매모호한 추상. 그러나 그것이 이제 김후웅 인생의 구체적인 목표가 되었다. 김후웅이 새삼 통일을 손꼽아 기다리게 된 이유는 전쟁 전에 헤어진 남편이 평양에 살아있음을 확인했기 때문이다. 사실 소문을 들은 건 꽤 오래전이다. 중국에 살고 있는 시사촌, 시육촌을 통해 남편이 평양에 살아있다는 풍문이 간간히 들려오긴 했으나 이번에 극적으로 얼굴을 마주대한 것이다.

　남북공동성명, 이산가족 상봉, 적십자회담, 북한 방문단……. 그런 뉴스가 있을 때마다 하도 속고 또 속아 이제는 TV에 그런 장면이 나오면 일부러 외면할 정도가 됐다. 그랬는데 2003년 2월 드디어 그 남편을 금강산에 가서 만나고 돌아왔다. 실로 54년 만의 만남이었다. 1949년 서대문 형무소에 갇혔던 20대 청년은 80이 다 된 노인이 되어 금강산 초대소 면회장에 등장했다.

만남의 준비는 착착 진행되었다. 내복 사고, 상비약 사고, 비누 치약 사고, 달러를 바꿨다. '거기 같이 사는 안노인'에게 줄 금반지도 묵직한 놈으로 하나 마련했다. 김후웅은 금강산 상봉 현장에서 울지 않았다. 사연 절절한 사람들을 따라가며 비추는 텔레비전 카메라도 이 부부를 오래 주목하지는 않았다. 감격을 겉으로 드러내는 사람들이 훨씬 더 많았으니 카메라는 그쪽을 좇아갔다.

54년 만의 해후

상봉은 덧없이 끝났다. 2박3일 일정이었지만 같이 있는 시간은 모두 다섯 시간밖에 주어지지 않았다. 식구가 많아서 단 둘만의 시간은 생기지도 않았다.

"까짓거 둘이 있으면 머하노? 할 말이 머 있노? 남들은 울고 불고 하지마는 나는 울지 말자고 작정을 하고 갔디라……눈물도 안 나드라……울믄 머하노? 세월을 누가 돌레주나? 옷이 추워서 벌벌 떨어쌓는데……내복도 안 입고 외투도 얄팍하고……빼빼 말라서는……본데 식성도 안 좋았는데……기침도 해쌓고……말씨는 똑같드라……맹(역시) 안동말 하드라……일 없어, 카는 소리는 뭐로? 괜찮다는 말 맞제? 그 말만 자꾸 하드

54년 만에 금강산에서
남편(오른쪽) 김용진을 만난
김후웅 씨.

친정질녀(나)를 안고
사랑채 축담 위에 앉은 30대의 김후웅 씨.

평양에서 온 고모부 김용진의 편지
'정세와 환경이 불가피했지만 소위 남편으로서 나는
우리 후웅에게 고통과 불행만을 안겨주었으니 죄 많은 인간이오.'

라. 그거는 이북말이제?"

금강산에서 갓 돌아온 후 감상을 묻는 사람들에게 단편적으로 뱉은 말들은 이런 정도였다. 별로 마음이 흔들리는 것 같지도 않았다. 그러나 이산가족 상봉 후 김후웅은 걸핏하면 손가락을 꼽아 햇수 세기에 골몰했다.

"보자……경인년에 사변이 났으이 그 전해가 기축년이었거든……그때 보고 못 봤으니 보자……무진 기사 경오, 55년이라? 아니 병자, 정축, 무인, 기묘니 54년 만이라?"

그는 서기 연도에 익숙치가 않다. 책력이 있어야 햇수 계산이 가능한데 손가락을 책력 대용으로 쓸 수도 있는 모양이었다. 난생처음 '죽으면 썩을 손'을 일하는 데 쓰지 않고 계산용으로 사용하는 김후웅 씨를 나는 신기하게 쳐다봤다.

이산가족 상봉한 지 몇 달 후 일본을 경유한 편지 한 통이 그에게 배달되었다. 서두가 '사랑하는 나의 안해 김후웅에게'라고 쓰인 편지였다. 소문을 듣고 그 편지 내용을 궁금해하는 내게 김후웅은 간지럼 타는 소녀들이나 낼 듯한 웃음소리를 냈다. 전에 한 번도 들어본 적 없던 웃음이었다.

"세상에 남사시러워라……이 영감 하는 수작 좀 봐라. 남사시러워라……."

"한 구절만 읽어주세요."

"……보자……에 또……여보, 아이고 여보란다……여보는

무슨······."

"계속 읽어보세요."

"꿈같이 헤어져 집에 무사히 도착하였는지, 귀한 몸 건강히 지나는지······귀한 몸이란다. 세상에, 아이고, 날더러 귀한 몸이란다······귀한 몸은 내가 무슨······."

그날 금강산 상봉 현장에서 절대로 눈물을 보이지 않던 김후웅은 55년 만에 받은 남편의 편지, 그 첫머리에 쓰인 '귀한 몸'이라는 말에 억누른 울음이 터졌다. 그러나 곧 그 울음을 부끄럽게 생각했다. 체통에 어긋나는 일로 여겼다.

"귀한 몸 맞지요. 귀하고 말고요"

"귀하기는 뭐가 귀해······천하에 천골인데······다른 거는 몰래도 영감이 저래 살아 있으이 인제 남이 나를 과부라고는 못하겠제? 그래도 어데 가서 이 편지 말은 하지 마라. 남들 알면 욕할라······."

"뭐가 어때서요? 자랑스럽지······."

"자랑은 무슨······이게 스무나믄 살 먹은 아이들이나 할 수작이제 어디 머리 허연 영감이 할 소리라? 깔깔······세상에 망측시러워라······깨가 쏟아지게 한번 살아보잔다. 깨가 쏟아지는 게 머 어떤 거로? 하이고."

"······연애편지네요 뭐."

"아이고 남사시러워라. 남이 알까 무섭데이."

보이진 않아도 그의 볼은 새색시처럼 붉어졌을 것이다. 그렇게 탄력 있는 김후웅의 목소리를 듣는 것은 난생처음이었다. 평양에서 온 편지는 애절했다. 그는 그 편지를 읽고 또 읽었다. 남들만 쓰는 단어인 줄 알았던 아내, 남편, 여보, 당신 같은 감미롭고 간지러운 말들, 자신을 향해 발음되는 그 말들의 경이로움, 그걸 매번 새롭고 낯설게 음미하면서 후웅은 웃음이 점점 많아졌다. 별일 아닌 일에도 전에 없이 까르륵 웃는다.

나는 당신과 작별하고 집에 도라와 밤이나 낮이나 항상 당신이 그리워 이 마음 걷잡을 수 없어—세월은 흘러 흘러 어언 54년 만에 만나니 반갑고 기쁨보다 젊은 당신이 백발의 할머니가 되어 내 앞에 나타났으니—너무나 억장이 막혀 속눈물 얼마나 흘렀는지. 내가 말주변이 없다 보니 당신이 만족할 수 있는 위로의 말도 시원히 하지 못했소……. 당신이 걸어 온 인생행로를 생각하면 그저 불쌍한 생각뿐. 봉건이 지배하는 가문이라 재가라도 했다면 내 이다지 마음이 쓰리고 아프지 않았을 것을. 생각하면 눈물이 하염없이 흐르고 또 흘러 이 순간에도 마음을 진정할 수가 없어요. 종갓집 맏며느리로서 시부모 모시고 궂은 일 마른 일 풍산고초 다 겪으며 살려니 내라도 옆에 함께 있으면 속풀이라도 하고 부부생활 땃뜻하고 다정한 위로의 말이라도 해주련만. 지금도 그 넓은 집에 혼자서 고독하게 지내는 당신이 식사나 제대로 하시는지. 앓지나 않는지……. 자기 몸은 자기가 돌보아야 하오. 우리 7천만 겨레가 통일을 바라고 우리 장군님께서 통일의 잎길을 열어 나가시기에 조국통일은 먼 날이 아니라 가까운 앞날에 반드시 이룩될 것입니다. 우리는 락관을 갖이고 통일을 앞당기는 투쟁을 힘 있게 펼쳐나갑시다…….

장군님, 투쟁, 락관 같은 말이 낯설긴 했지만 아무리 읽고 또 읽어도 편지는 신기했다. 이게 자신을 향한 말이라는 것이 도무지 믿기지가 않았다.

하루 빨리 통일되어 내 고향 내 집에 가서 그동안 나누지 못한 부부간 사랑을 깨가 쏟아지게 나누고, 서로 포옹하고 행복하고 즐거운 나날을 보내기를 굳게 굳게 약속합시다……. 나는 집에 돌아와서 꿈을 꾸었는데 당신을 뜨겁게 포옹하고 기쁨의 한때를 보내는 중 잠이 깨고 말았어요……. 하필 그때 왜 잠이 깨일까…….

그런 구절을 읽을 때는 괜히 주변을 둘러봐야 했다. 부끄러웠다. 혼자 사는 집이었다. 그렇지만 행여 누가 볼 새라 편지는 깊숙한 곳에 숨겼다. 그러다 밤이 되어 잠이 안 오면 다시 꺼냈다.

……그 짧은 상봉의 시간에도 이 못난 남편을 위해 무엇이라도 먹이고 싶고 더 주고 싶어 하는 당신의 그 아름답고 고마운 마음 내 어찌 모르겠소. 그리고 당신도 감정을 가진 사람인데 왜 만나는 순간과 작별하는 순간 눈물이 나오지 않았겠소. 나는 알고 있어요. 내가 눈물을 흘리면 내 남편이 돌아가서 항상 그 관경이 삼삼히 떠올라 건강에 해로울 수 있다는 생각으로 억지로 참고 눈물을 흘리지 않았지. 정말 당신이 나를 생각하는 그 고마은 심정 무슨 말로 언제면 보답할까……. 여보, 내가 준 백두산 호랑이를 액틀을 짜서 머리맡에 걸어놓고 보시요…….

이렇게 자신의 마음을 읽어주다니 고마웠다. 북에 있건 만나지 못하건 역시 남편이 살아 있으니 죽기 전에 이런 말도 한번 들어보는구나 싶었다. 살아 있어줘서 고마웠다. 평생 외로움과 고통이 씻겨나가는 기분이었다. 자신에게 이렇게 따뜻하게 말을 건네준 사람이 그동안 세상천지에 어디 있던가.

"그래도 영감이라고……날 이 고생을 시켜놓고는 그래도 영감이라고……."

그는 요즘 편지에서 시키는 대로 호랑이 그림을 액자에 넣어 머리맡에 걸어놓고 산다. 호랑이는 수예품이다. 남편이 북에서 낳은 딸 '명숙'이 남쪽의 '후웅 어머니'를 위해 명주실로 수를 놓았다 한다. 나쁜 기운을 막아주고 복을 불러들인다 하여 북쪽에서는 호랑이 그림을 걸어두는 게 유행이라 했다.

열여덟 칸 기와집 '종녀'

그는 임하(안동군 임하면)의 벽계에서 태어났다. 낙동강의 지류인 반변천이 마을 앞을 휘돌아 내려가는 마을, 11대를 봉사하는 열여덟 칸 기와집에서 종가의 딸이라 하여 '종녀'라 불리며 자랐다. 의성김씨 청계공 김진의 15대손인 아버지 김영도는 성정이 불같았으나 문장과 글씨가 인근에서 제일 가는 선비였고, 임동면 박실에서 시집온 어머니 전주류씨 류규희는 얼굴에 살짝 마마자국이 났으나 국량 너른 여장부셨다. 당호는 벽계라고 썼다.

3백 석 이상 추수하지 말 것, 3품 이상 벼슬하지 말 것, 근동 30리 안에 굶는 사람이 없이 할 것. 청계공의 유언은 아랫대로 내려오면서 점점 유명무실해졌다. 그만한 재물과 벼슬은 꿈도 꿔볼 수 없었다. 당숙, 재종, 삼종 해서 숟가락을 드는 식구만 열여덟. 대식구가 겨우 밥을 굶지 않을 정도의 살림 규모였다. 집터만은 수려해서 올려다보면 덩실하고 다가와보면 아늑했다. 사랑채 덧문 앞에는 6대조의 호를 따서 괴와구려愧窩舊廬라는 현판을 걸었다.

그는 혼인한 지 여섯 해 만에 본 첫 자식이었다. 증조부의 사랑이 한몸에 쏟아졌다. 아들이 아닌 게 섭섭해서 다음엔 꼭 아들을 낳으라고 이름은 후웅後雄이라고 붙여졌다. 증조부는 사랑에서 곧잘 웅아, 불러내곤 하셨다. 고 자에 이응 하면 공, 가 자에 기역 하면 각, 하면서 증조부 무릎 아래서 글자를 배웠다. 신식 교육은 언감생심이었다.

"일본 선생이 있는 국민학교에 들어갔는데 할배가 계집아가 가랑이를 짝짝 벌리고 댕기면 시집을 못 간다고 해서 빼와부렛어. 그때 신학문을 좀 배웠으면 내가 이러꾸 한심하게 살지는 않으껜데……."

학교에 가지 않아도 배울 건 많았다. 여사서의 훈육은, 안동에서 흔히 수류水柳라고 불리우는 쟁쟁한 집안, 그중에서도 수정재 종가에서 시집온 어머니가 맡았다. '한 집안의 흥망과 성쇠는 여자 하기에 달렸느니라. 여자가 한 번 참으면 집안이 삼 년 편해진다. 네 한 몸의 용색과 언행이 우리 천김川金(내앞 김씨)의 얼굴이 된다는 걸 날마다 명심하거라.'

그러나 가르침은 곧 굴레였으니 김후웅이 어려서 배운 여자가 갖춰야 할 4덕은 이런 것이었다.

'첫째 평소에 남과 다투지 말고, 둘째 고난 중에서도 상대를 원망하지 말며, 셋째 쌀 한 톨, 음식 찌꺼기 한 웅큼도 버려서는 안 되며, 넷째 아무리 급한 일을 당해도 놀라움이나 기쁨이나

슬픔을 겉으로 드러내지 말라.'

어려서부터 반복한 배움은 무의식 속에 가라앉는다. 공동체의 가치를 내면화하는 것이 교육의 목적이었으니. 나는 김후웅씨가 남과 언쟁하는 것을 한번도 본 적 없다. 남을 원망하는 대신 모든 것을 자기 죄로 떠안는 건 이미 천품이 돼버렸다. 쌀 한톨, 된장 한 숟갈을 절대로 버리지 못해 냉장고에 묵은 음식이 가득해 볼 때마다 내게 지청구를 듣는다. 그러나 첫째 둘째 셋째야 그렇다 쳐도 네 번째 가르침은 존엄을 가진 인간에게 가르쳐서는 안 되는 참혹한 교훈이었다. 크게 웃거나 섧게 울거나 깜짝 반기거나 화들짝 놀라는 건 김후웅의 감정 표현이 아니다. 언제나 뭉근하고 은은하다. 모든 감정을 한 풀 죽여서 드러낸다. 그러나 본래 성정은 인정 많고 신명 많고 새암 많고 에너지가 넘친다면? 아아, 나는 김후웅 씨 시대에 태어나지 않은 것을 새삼 천지신명께 감사해야 할 판이다.

남편과 상봉하는 자리에서 눈물을 보이지 않은 것도 어려서 배운 교육의 결과일 것이다. 남편의 마음이 상할까 염려해서라기보다, 자신의 변명처럼 울어도 소용없다는 것을 알아서라기보다, 격한 감정이란 마땅히 억눌러야 한다는 것을 잠재의식 깊숙이 본능처럼 내면화하고 있었기 때문일 것이다.

살림이 궁색하지 않았고 명색이 종녀였고 자식 귀한 집안의 맏딸이니 금지옥엽임이 마땅했지만 김후웅의 어린 시절은 밝지 않았다. 씨족마을 전체가 먹을 게 없어 허덕였다. 일본 순사가 추수하기 전부터 밭에 와서 '조이삭을 가제처럼 뒤베는(조사하는)' 식민지 시대였다. 게다가 집에 불이 났고 상복을 입을 일이 연달아 겹쳐 김후웅은 고운 헝겊 하나 몸에 대지 못하고 처녀 시절을 보내고 말았다.

할 일은 산더미였다. 즐거웠던 일을 한 가지만 찾아보라고 저녁 내내 졸랐던 적이 있다.

"그런 게 어딨노? 내사 암만 생각해도 못 찾을따. 아이고, 일도 일도 왜 그리도 많든 동. 정지(부엌)에는 증조모가 시집올 때 교전비로 데리고 온 팔례 에미가 있었더라. 월이라꼬 손이 재바른 열댓살 먹은 정지아도 있었고……그랬으믄 나는 좀 놀아도 됐으켄데……생각나는 거는 일구뎅이배께 없다."

즐거운 것을 하도 못 찾아서 내가 실망할까 봐 김후웅은 얼른 미안한 듯 덧붙인다.

"그래도 내사 이밥을 실큰 먹지는 못해도 밥을 굶지사 않았고……글타꼬 조밥만 먹은 것도 아이다. 남들 다하는 길쌈도 안 하고 살았다. 그만해도 그때는 포시럽게(귀하게) 큰 택이따. 좋아야 좋은 거라? 나쁘지 않으면 좋은 거제……."

후웅이란 이름 덕분인지 아래로 남동생이 셋이나 태어났다. 동생들을 등에다 달고 살아 등짝은 늘 젖어 있었다.

"어매가 젖이 없어 갑이(동생)에게 개구리 뒷다리도 참 숱하게 구워 먹였느라."

어린 시절은 다 잊었으나 집에 불이 나던 것만은 생생하다.

"화재는 계유년에 났어. 기왓장이 툭툭 튀고 다락에 서숙 (조) 단지가 다 깨지고."

증조부 삼년상을 치르고 나자 부친이 젊은 나이에 갑자기 돌아가셨다.

"암만 해도 집 새로 짓고 초상 치르고 하느라고 골병이 드셨든 모양이래."

김후웅은 처녀 시절을 상주喪主 노릇으로 보냈다. 아무리 미성(혼인 전)이라도 고운 옷은 몸에 걸칠 새가 없었다. 일제 말기, 상중 아니라도 세상은 메마르고 어두웠다. 끼니를 굶지 않는 것만도 다행일 만큼 온 동네가 가난에 허덕였다.

"가마솥에 좁쌀을 둬 되 넣고 조당수를 쑤다가 저기 아래 사람이 하나 오면 물 한 바가지 더 붓고 하나 더 보이면 한 바가지 더 붓고……. 아이고 말도 마라. 온동네 사람들이 우리집에 다 모여들었더라. 그 멀건 조당수라도 한 그릇 얻어먹을라꼬! 꼬시기사 가마솥에 끓인 조당수가 얼마나 꼬시노?"

서른 명, 마흔 명이 그렇게 한솥밥을 먹어가며 근근히 견뎌낸 시절, 아버지 돌아가실 때 김후웅의 나이는 열다섯이었다. 부친을 잃자 사남매의 맏딸이자 집안의 '종녀'인 그는 갑자기 철이 확 들어버렸다. 혼인할 나이가 찼지만 상중이니 혼인은 미뤄

71

졌다. 삼년상을 마치자 열여덟이 되었다. 요즘 치면 노처녀였다. 혼인이 급했다.

"할배, 아부지 다 돌아가시고 사랑이 텅 비어뿌렀어. 저기 영양 청기면에서 면장질 하시던 큰아배(조부)가 사랑을 지킨다고 나오셨제. 그 어른이 중풍이 들레서 자리보전하고 누워 계셨는데 만날 '내가 손서(손자사위)는 광산김씨 '유일재'서 보고 손부는 전주류씨 '함벽당'서 봐오면 병이 나아서 벌떡 일어날따'고 소원을 하셨니라. 결국 큰아배 말씀대로 다 되기는 됐잖나. 병이 나아 벌떡 일어나시지는 못하셨어도."

임하에서 오십 리 떨어진 도산서원 가는 길에 영남의 명문인 광산김씨들이 터 잡고 사는 와룡면이 있다. 친정인 의성김씨가 그렇듯 광산김씨들도 조선 5백 년 동안 관직에 나서기 보다는 글 읽는 선비이기를 택해 살림은 가난하고 범절만 추상같았다. 불천위(나라에 큰 공훈이 있어 영원히 사당에 모시는 신위)를 모시는 유일재 김언기 선생의 종가, 덩그런 사당에 놓인 신주가 앞들 논밭보다 훨씬 소중한 서른여덟 칸 기와집이 김후웅의 시가가 되었다(지금 이 집은 특이한 건축양식과 오래된 연대 때문에 지방 문화재로 지정되었다).

"어매는 일 많다고 한사코 남의 종부로는 안 보낼라 그캤어……내사 싫고 좋고도 몰랬고……계미년 시월에 혼인을 하고 신행은 일 년 묵어 갑신년 구월에 갔어. 교군 둘을 데리고 가

매를 타고 가는데 사람 안 볼 때는 걷고 동네 앞은 타고 그랬지. 도연물을 건너서 호계서원 앞으로 반자재로 해서 산야로 갔지. 말은 종부라 캐도 벨로 받은 것도 없어. 웃옷은 모본단 치매저고리고 두불 웃옷으로 분홍저고리 옥색치매…… 반지? 반지는 은반지지. 내또분이라고 가루분 한 통하고……나는 열아홉이고 신랑은 열여덟으로 한 살 아래고…….”

오십 리였지만 그렇게 먼 길 나서는 건 처음이었다. 혼자 남은 어머니를 두고 가는 게 마음에 걸려 내내 울면서 갔다.

일 구덩이에 빠진 새신부

새신부의 나날은 달콤하지도 우아하지도 않았다. 일 구덩이였다. 얌냠한 시조모에 카랑카랑한 시어머니가 층층시하로 버티고 있었다. 신랑은 좀처럼 눈에 띄지 않았다.

“사랑에서 사랑어른하고 한방을 쓰니 얼굴을 볼 새가 없지. 나는 안에서 시조모하고 한방 쓰고……어른들이 한 달에 한 번이나 합방하라 카시는 날만 동대청방에서 만내고…….”

나머지는 모조리 일이었다. 불천위는 가문의 명예이긴 했지만 제사 차리는 안주인에게는 사납고 버거운 일거리였다.

유일재는 일년에 제사를 열여덟 번 지내는 집이었다. 기제사

열세 번에 불천위 세 위에 명절 차사 두 번. 때마다 떡쌀을 디딜 방아로 찧어 시루에 쪄내야 했다. 식구 열여섯 말고도 사랑에 묵는 손님과 과객이 늘 예닐곱이었다.

"시집 오니 또 상중이데. 시조부가 신행 전에 돌아가셨거등. 오나가나 상주질만 했제. 아이고 무서라······. 그래도 좋은 거는 임하사랑방과는 달리 훤칠한 어른분들이 그득하게 앉아 계시는 거드라······."

새신부는 그 많은 식구가 먹을 곡식을 날마다 찧어야 했다. 밥 할 물, 설거지 할 물을 우물에서 길어와야 했고 사랑어른들 의복에 검은 때가 보여서는 안 됐다.

한복은 한번 빨래를 할 때마다 옷을 다 뜯어 새로 바느질해야 한다. 다듬이질해서 윤을 올리고 여름이면 칼칼하게 풀을 하고. 잠잘 틈은 잠시도 낼 수 없었다.

삼시 세 끼 말고도 어른들을 위한 군입거리로 묵과 두부와 감주와 떡과 조과를 늘 준비해야 했다. 그 솜씨 하나하나로 친정집 범절과 견문을 평가했으니 한 호흡도 긴장을 늦출 수가 없었다. 김후웅의 무서운 일중독은 '죽으면 썩을 몸'이란 철학 때문이 아니라 이 시절 몸에 밴 습관 탓인지 모른다.

가끔 만났지만 신랑은 다정했다. 북에서 보낸 편지에서 짐작할 수 있듯이 자상하고 온화한 성격이었다. 신부에게 한번도 화난 낯빛을 보이지 않았다. 성정 강한 조부와 부친을 봐오다 신랑의 보드레한 기질을 겪게 되니 꽁꽁 언 마음에 따스한 물 한 줄기가 스며드는 기분이었다. 어려서 생모를 잃어 그런가 싶어 애틋하기도 했다.

"암만 밤잠을 안 자도 어른들 옷 바느질 하다 보면 신랑 옷 할 시간이 안 나. 속에는 덜 꿰메고 대강 해줘도 까탈 안 부리고 순하게 입어. 전에는 이런 구멍이 없었는데 하믄서 웃기나 하지."

그게 그렇게 고마웠다. 혼인 이듬해 해방이 됐다. 해방이 뭔 줄도 몰랐다. 추수 전에 조이삭을 세어쌓고 누룩 담글까 봐 집 안을 가제처럼 뒤지던 일본놈들이 물러간다니 그거 하나는 좋았지만. 어지러운 일렁임이 시골마을 안까지 번져왔다. 신랑이 자꾸 밖으로 사라졌다. 그 성정에 설마 무서운 '사상 가진' 사람이 될 줄이야 꿈에도 몰랐다. 해방이야 되든 말든, 좌우 대립이야 첨예해지든 말든 새신부는 아침저녁으로 나락 한 바가지, 서숙(좁쌀) 두 바가지, 콩 한 바가지를 디딜방아에 찧어야 했다.

홍역으로 잃은 아이

바쁜 중에 배가 불러왔다. 입덧이니 하는 사치를 겉으로 드러낼 형편이 못 됐다. 안방에는 젊은 안어른(시어머니)이 낳은 시누이, 시동생들이 넷이나 자라고 있었다.

"사흘을 혼자 몸부레기를 쳤어. 그래도 큰소리도 한번 안 질렀어. 임하 가서 어매 앞에서 낳고 싶었지마는 한들고모가 친정 와서 해산하다가 죽는 바람에……우리집은 친정 와서는 아를 못 낳게 하잖나. 시조모 곁에서 몸부레기를 쳐도 그 어른은 명(무명)만 잣지 암것도 몰래……. 어예어예(어찌어찌) 낳고 보니 어린 것이 탯줄을 목에 감고 있드라."

아들이었다. 문중에서는 새 종손이 태어났다고 덜렁하고 떠들썩했다. 아이는 이마전이 번듯하고 울음이 우렁찼다.

"문중에서 쌀 한 말, 미역 스무 오리, 명태 한 떼, 말린 대구포 세 마리를 보냈드라."

그 아이 낳고 누운 며칠이 김후웅의 일생 중 가장 찬란한 날이 아니었을까. 남들처럼 아들과 남편이 곁에 있고 넘치는 축하 속에 몸에서 일을 떼어내고 아이에게 젖을 물린 채 편안히 누워볼 수 있었으니.

그러나 그 아이 순중은 두 돌을 넘기고 '없애버렸다'. 동네에 홍역이 돌았다. 안방의 시누이, 시동생들에게 먼저 온 병이었다. 거기에 대해 김후웅은 입을 꽉 다문다. 안타까워서 자꾸 다그쳤다.

"의사를 보에 봤니껴?"

"의사는 무슨……."

"약은 했니껴?"

"약은 무슨……방아 찧는 게 급해 아 한번 안아보도 못했는데."

아이 이야기가 아무래도 김후웅 인생의 핵일 텐데 그는 손을 저으며 이야기를 자꾸 피한다. 아이는 2년 남짓 왔다가 갔다. 일이 많고 시어른들 눈이 무서워 실컷 안아보지도 못했다. 어린 시누이가 "새형, 순중이 젖 줘" 하고 불러야만 제 아이를 안아 젖을 물릴 수 있는 게 당시의 법도였다. 스물두 살 어린 어미가 뭘 어떻게 할 수 있었으랴. 병원은 멀고 범절은 지엄했다.

"이월 열하룻날이 두 돌인데 스무엿새 날 없애부렀다. 에미볼라고 그꾸(그렇게나) 문앞에 붙어서 있었는 걸……벌겋게 발반發斑이 됐다가 그게 그만 입복(병이 복부로 들어가는 일)이 돼서……말을 못 해……그러다가 나을 줄 알았제……누가 아주 없앨 줄 알았나…… 남들도 홍역은 모두 그래 하잖나…… 물 이고 밥 하는 게 급하제 아 안는 게 머가 급하노……그래서 아가 몸이 불덩어리라도 안아보지도 못했다……안아라도 봤으면사……."

"어디다 묻었는지 아니껴?"

"그걸 내가 어예 아노? 누가 갈체 주나. 에미가 환장을 한다고 어른이 죽은 놈을 못 안게 하드라……실컷 안고 있기라도 해볼걸…… 묻으러 가는 날도 방아거리가 급해 방아만 찧었는 걸. 내가 등신이지 어데 온전한 인간이라……살아도 살아 있다 칼게 없다……."

어리석고 무지하고 폭력적인 시절. 눈 번히 뜨고 뻔한 병으로 금쪽 같은 자식을 놓쳐버렸다. 아이 이야기를 꺼내지 않는 것이 김후웅에 대한 예의다. 새삼 그 말을 해서 무엇할 건가.

그러나 김후웅은 울지도 한숨 쉬지도 않는다. 그가 배운 부덕의 네 번째 항목은 놀람과 슬픔을 겉으로 드러내서는 안 되는 것이었기에.

남편이 잡혀가던 날

그럴 때 남편 용진 씨는 집에 없었다. 좌익 활동자로 지목되어 와룡지서에 붙들려간 후 안동형무소에서 징역을 살고 있는 중이었다.

"뭔 일을 했기에?"

"내가 그걸 아나? 어른이 (좌익)사상자이께네 그저 어른 심부름이나 했제 뭐. 방구에 삐라나 붙이고 뭐……."

용진 씨가 잡혀가던 날은 생생하게 기억한다. 많은 것이 잊혔지만 그날 일만은 또렷하다.

"여름이었는데 텃밭 울타리에 애호박이 주렁주렁 열렸어. 부엌에 쓱 들오더니 '저기 호박 많드라. 오늘 저녁에는 돈적(동그랗게 부치는 호박전) 좀 구워먹자……그리고 나는 오늘 상방 마루에 잘란다' 그래. 지금 생각하면 자기도 뭔가 짚이는 게 있어서 그랬든 모양이제."

7월이라 모깃불을 수북하게 피워놨다. 김후웅 씨는 얼른 텃밭 울타리에서 호박을 따고 밀가루를 개어 돈적을 부쳤다. 오늘 저녁에는 상방 마루에서 잘란다는 말이 부끄러워 낯이 화끈화끈했다. 상방 마루는 어른들 눈을 피해 둘이 몰래 만나던 장소였기 때문이다. 그러나 돈적을 갖다 주기도 전에 사랑마당에서 누가 용진이, 용진이 부르는 소리가 들렸다. "누구로 물으며 나가고는 고만 오지를 않아."

전봇대에 묶여 피투성이가 되게 두들겨 맞고 잡혀갔다는 소문이 들렸다. 먹고 싶다는 돈적을 한 점만 먹이고 싶었다. 시삼촌에게 부탁했다. 다른 것 그만두고 돈적 한 접시만 전해달라고. 그러나 시삼촌은 접시를 그냥 가지고 돌아왔다. 면회를 하긴 했으나 입술이 터져 입에 뭘 넣을 수 없는 지경이더라 했다. 그날 한 점도 축나지 않고 돌아온 돈적 보따리. 그것은 김후웅의 마음속에 평생 따라다니는 짐이었다. 이후로 호박 돈적은 절대 입에 대지 않았다. 대지 않을 뿐 아니라 호박전만 보면 견딜 수 없이 토악질이 솟구쳤다.

남편은 8개월 만에 출옥했지만 후웅 씨 곁에 올 수 없었다. 어른들이 감옥에 갔다 온 사람은 내외합방을 해서는 안 된다고 금했기 때문이다. 낮에 퍼뜩 얼굴을 볼 뿐 이야기를 나눠볼 시간도 없었다. 그러다 곧장 경찰을 피해 서울로 피해버렸다.

"말로는 용산에 진성이씨가 하는 비누공장에 간다 그캤어.

그 공장 사장이 좌익사상가였던 모양이래."

주변에선 신랑 따라 서울로 올라가는 게 옳다고들 했다. 친정 어머니가 명베를 짜서 돈을 얼마간 마련해줬다.

"솜을 두둑하게 놓고 명주 바지 저구리를 한 벌 짓고 속 뜨스라고 엿 한 말을 고고 해서 서울로 올라갔어. 친정 가서 칠첩 반상기도 얻고 예천상도 사고. 인제 방만 얻으면 살림을 채릴 판이었제……."

서울 비누공장은 문이 닫혀 있었다. 왕십리 검둥다리, 잊히지도 않는 곳, 거기 나서서 날마다 지나가는 사람을 바라봤다.

"누런 겨울 오바 입은 사람은 모두 날 향해 오는 줄 알았제."

시집갈 때 해갔던 신랑의 검정 주세루 두루마기를 팔아 베이지색 외투를 샀던 까닭이다. 그때 용진 씨는 이미 서대문형무소에 갇혀 있었다. 어찌어찌 소문을 듣고 명주 바지 저고리를 싸들고 면회를 갔다.

"머리를 홀딱 깎고 햇빛을 못 봐 얼굴은 백옥 같고 사람이 꼭 부처 같드라."

면회는 한 번 더 했다. 두 번째 갔을 때 용진 씨는 지난번에 넣어준 명주 바지 저고리를 푸근하게 입고 나왔다. 그게 그렇게나 흡족했다.

"그걸 보이 마음이 하도 좋아서 자꾸 집에 내려가라 그카고 해서 내려왔제 뭐. 그게 마지막이제. 그라고는 이번에 첨 봤으니 보자……정축, 무인, 기묘……몇 년 만이로?"

전쟁이 갈라놓은 부부의 인연

면회할 때가 1949년, 이산가족 상봉은 2003년이었다. 그 반세
기는 20대의 두 젊은이를 70대 노인으로 바꿔놓았다. 김후웅은
순중을 없앨 때도 남편이 시퍼렇게 살아 있으니 아이는 다시 낳
으면 되려니 했다. 홍역하다 아이를 없애는 게 드물지 않을 때
였으니. 물론 남편은 시퍼렇게 살아 있었다. 그러나 아이가 생
길 기회는 다시는 찾아오지 않았다.

전쟁이 터졌다. 용진 씨는 서대문형무소에서 한국전쟁을 맞
았다. 인민군이 내려와 형무소 문을 열 때 밖으로 나와 인민군
에 합류했다가 북으로 함께 올라갔다는 말을 이번에 들었다. 상
봉 때 받은 편지에서였다.

……나는 서울 해방과 함께 서대문형무소를 출옥하여 의용
군에 입대하여 정치 일꾼으로 마산까지 나갔다가 전투 중 부
상을 입고 신의주까지 후송되었소. 치료받다가 제대되어 평
북 행정간부학교를 졸업하고 내각량정국과 과장으로 사업하
다가 고향에 돌아갈 생각으로 1952년 8월 또다시 인민군대

에 입대하였소. 그러나 당신을 만나러 가지 못하고 정전 후 제대하였소. 나는 위대한 수령과 장군님 품에 안겨 5개 공산대학을 졸업하고 1개 구역 부장으로 40년간 복무했으며 그동안 높은 훈장도 12개나 수여받았소. ……우리 서로 백년을 가약하고 부모님 잘 모시고 아들딸 낳고 행복하게 살자든 것이 서로 헤어져 반세기, 그동안 당신은 눈물을 얼마나 흘렸으며 속은 얼마나 태웠겠소. 가난한 큰집 맏며느리로 들어와서 이른 봄부터 무거운 죽 버지기를 들고 다니든 일, 물동이를 매일 이고 다니든 일 생각하면 내가 왜 장가를 일찍 가서 그 고생을 시켰든가 싶고 아무리 해도 위로할 말을 찾지를 못하겠소……. 2003년 2월 20일 평양에서 남편 김용진.

그가 한 좌익활동이 구체적으로 무엇이었는지 김후웅은 모른다.

"활동을 하기는 뭘 해. 그저 사상이 그랬던 거제. 부자는 곡식이 광에서 썩어나가고 빈자는 때꺼리가 없어 끼니를 굶고 그래선 안 된다는 거는 인륜의 근본 아이라…… 큰소리 한 번 안 지른 사람인걸."

주변 사람들에게 물어봐도 아무도 모른다. 기질 곱고 인정 많은 유일재 17대 종손, 그 사람이 평생 집에 돌아오지 못하고 평양에 살고 있어야 하는 이유, 그 아내 김후웅이 평생 과부 아닌 과부로 살아야 하는 이유, 그걸 대답해줄 사람이 지금 아무도 없다. 모질면서 어처구니없고 두려우면서 우스꽝스러운 시절이었다.

전쟁은 전선의 김용진 씨보다 후방의 김후웅에게 더 혹독했다. 인민군이 동네에 들어왔다. 어린 시누이 시동생들만 피란을 보내고 사랑어른이 편찮으셔서 그는 피란을 가지 못했다. 집에 머물러 있었던 게 죄가 됐다. 인민군은 집집마다 식량을 얻으러 다녔다. 안 주고 못 배겼다.

"배고파 죽겠으니 콩을 좀 볶아달라고 해. 그래서 가마솥에 불을 때서 콩을 볶아줬지. 군복 주머니에 불룩하게 담아가데. 그거뿐인데. 그게 무슨 부역이고 사상이로? 안 줄 수가 없으이 준 거뿐인데."

인민군이 물러가자 국군 선발대가 들이닥쳤다. 너른 집에 혼자 있는 젊은 새댁을 그들은 무참하게 두들겨 팼다. 전신에 피떡이 엉겨붙었다. 말리는 시어른은 마당에 내팽개쳐졌다. 그래도 다행히 총을 들이대지는 않았다. 부역을 했다는 이유로 사람들이 숱하게 죽어나갈 때였는데도. 주변에 인심을 잃지 않은 덕택이라고들 했다.

국군이 인민군보다 더 무서웠다. 선발대가 들어온 후 뒤늦게 피란을 갔다. 이번에는 피란을 간 게 화근이었다. 한실이라는 산골짜기 깊숙이 들어갔는데 거기까지 국군이 찾아왔다.

"총 끝에 칼을 꽂고 아무데나 푹푹 찌르면서 댕겨. 거기가 시종숙모 집이었는데 외인을 붙인 걸 알면 집에 불을 놔부거든. 그 집 사람들 얼굴 쳐다볼 수가 없어 산으로 피했제. 아카시 단을 세 개 모아놓고 그 새에 들어갔제. 꺼먼 이불보를 덮어 쓰고 꼼짝 안 하고 엎드려 있었어. 맞은 상처에 물이 들어가서 곪느라고 쑤시고 아픈 거는 말로 어예 하노? 한번은 군홧소리가 저벅저벅 나더니 내 치마에 칼이 푹 꽂히는데. 한 번만 더 쑤셨으면 죽었을 낀데 칼을 빼더니 그냥 지나가버리데. 사흘을 그렇게 엎드려 있었어. 아이고, 목숨도 참 모질기도 모질제."

홀로 종가를 지키다

전쟁은 지나갔고 삶은 계속되었다. 가족들은 생사를 알 길 없는 사람을 막연히 기다렸다. 전쟁통에 행방불명된 시동생이 하나 더 있었고 없어진 시사촌도 서넛 되었으니. 10년이 지나고 20년이 지나고 30년이 지났다. 그리고 40년이 지나고 50년이 지났다. 시대가 자꾸 달라져갔다. 찾아오는 손은 줄었으나 제사는 줄어들 리 없고 종가를 도와주는 일손들은 차츰 떠났다. 여럿이던 시동생, 시누이들도 장성해서 집을 떠나갔다.

그러나 김후웅에게는 아무것도 달라지지 않았다. 일거리는 여전히 산더미였고 챙겨야 할 대소사는 파도처럼 즐비하게 밀려왔다. 나날이 잇새가 무추름해지고 주름이 깊어지고 뼈마디가 아파오는 것 말고는. 늘어나는 재산이 있을 턱도 없고 커가면서 재롱을 부릴 아랫대도 없었다. 계절이 어김없이 윤회하듯 정확하게 절기 맞춰 찾아오는 제사만이 있었다.

제사는 즉 그의 삶이었다. 그건 사랑을 지키고 계시는 시어른에게도 마찬가지였다. 그 무렵 어쩌다 내가 유일재에 내려가 보면 커다랗고 휘휘한 집안에 안채에 한 분, 사랑채에 한 분, 두 노인만 살고 있었다. 말 없이 조용조용, 운명을 밟듯 조심스럽게, 사랑채엔 구십대의 시부가, 안채엔 팔십대의 며느리가.

소나무로 지은 칸살 너른 집은 고요하고 아름다웠다. 쓰지 않아 비워둔 디딜방앗간도 언제 한번 바빠본 적이 있더냐는 듯 호젓하기만 했다. 사랑엔 흰 무명옷을 학처럼 차려입은 시어른이 허리도 꼿꼿하게 앉아계셨다. 무릎 앞 연상에 단정하게 바둑책을 펼쳐두시고 상대도 없이, 딱딱 바둑을 두셨다. 절하며 뵙는 나를 이윽히 건너다 보시던 어른의 얼굴을 무어라 말할까. 맑았고 무심했고 고요했다.

끼니때가 되면 며느리는 외상에다 도토리 깍지만한 뚜껑을 덮은 반찬 그릇을 가지런히 차려 안채와 사랑채가 연결되는 마루에 놓고 큼큼 음성을 가다듬었다. "아벰요. 점심 차례왔니더." "오냐" 대답이 들리면 그제서야 문을 열고 '밥상을 들오되 눈썹에 마초이다'는 여사서의 가르침대로 상을 높이 들어올려 사랑어른 앞에 소리 없이 내려놓았다. 그리고는 뒷걸음질쳐서 물러나왔다. 저녁 때도 다시 그런 의식이 반복되었다. 저녁이면 일찍 불이 꺼졌다. 세월은 그 위로 사행천이 흘러가듯 천천히, 느릿느릿 흘러갔다.

시어른은 장수하셨다. 혼자 된 며느리의 극진한 수발을 받으며 99세까지 사셨다. 큰아들을 기다리느라 목숨을 놓을 수가 없는 모양이라고 주변에서는 말했다. 안동향교니 도산서원에서 연례행사로 효부상이라는 것을 주겠다고 김후웅을 불러댄 적이 있다. 그럴 때마다 김후웅은 단칼에 거절하곤 했다.

"세상에, 별일도 다 많다. 지 부모 지가 모시는 데 저어가 왜 상을 주노? 그게 무슨 상 줄 일이라?"

김후웅에게는 시어른이야말로 삶의 지주였다. 사랑어른이 돌아가신 후 김후웅은 가장 애통하게 곡을 했다. 이젠 드라마에서나 볼 수 있는 흰 휘장을 친 빈소를 모셔두고 아침저녁 극진히 상식상을 그 앞에 올렸다. 그리고 3년이 지나서야 비로소 소복을 벗고 무색옷을 몸에 걸쳤다.

생각하면 김후웅의 '죽으면 썩을 몸'과 '신외무물'의 철학은 그의 가련한 처세술인지도 모른다. 그의 앞에 펼쳐진 삶이 그에게 은연중 그걸 강요했던 것일 게다. 생사를 알 수 없는 남편, 큰 종가의 종손 없는 종부 노릇, 받들어 모셔야 할 시어른, 세상의 재빠른 가치 변화, 가슴에 넘쳐나는 특유의 정감, 오로지 자신이 죄인이란 자책, 거기에 덜미를 잡는 가난. 그는 요즘도 여전히 따뜻한 밥엔 선뜻 손을 대지 못한다. 새옷을 보면 천리만리 도망친다. 밥이 좀 식어야, 남이 달게 먹을 수 없을 만해져야, 비로소 죄송스럽다는 듯 숟가락을 든다. '죽으면 썩을 몸'이 음식을 탐해서 뭣하냐는 거다. 그럴 때 옆에서 핀잔을 해선 안 된다. 그저 가만히 기다리는 것밖에는 다른 방법이 없다.

이즈음 그는 좀 시무룩해졌다. 세 번의 편지 이후 평양에서 더 이상 소식이 오지 않는 것이다. 급기야 일본에 사는 용진 씨의 초등학교 동창(중간에서 편지 배달을 맡아주시는 분은 조총련계 학교에서 역사 선생으로 정년을 하신 이용극 선생이다)에게 전화를 넣었다. 생전 안 해보던 국제전화를 걸어놓고 그는 올겨울 내내 조마조마하다.

"……죽었겠지? 날이 이래 추운데 겨울을 제대로 넘겠을라? 두터운 세타라도 보내볼걸. 기침을 자꾸 하던데 꿀이라도 한 병 가주고 갈걸."

그는 지난 겨울도 유일재 너른 안채를 혼자 지켰다. 문화재로 지정된 후 대대적인 보수를 해서 한결 단정해졌지만 집은 여전히 적막하다. 그는 이제 허리가 구십도로 굽었지만 잠시도 일손을 놓지 않는다. 평양에서 다시 소식이 오기를 기다리는 수밖에 다른 방법이 없다.

덧붙임: 중년의 김후웅은 학교 다니는 시동생들 뒷바라지하러 십여 년간 도시로 나가 살았다. 친정의 질녀가 학교를 졸업할 때까지 지극 정성으로 수발했다. 그게 바로 나다. 덕분에 나는 오랜 세월 김후웅의 삶을 가장 가까이서 지켜볼 수 있었다. 당시 김후웅의 주업은 삯바느질이었다. 실오라기 몇을 입에 물고 밤낮으로 재봉틀을 돌리며 한복을 짓던 사십대의 김후웅, 그리고 보니 그 시절 그에겐 단 하나의 오락이 있었다. 그건 가사를 외고 베끼는 일이었다. 좋다고 소문난 가사가 있으면 이집 저집에서 빌려와서 밤새워 베껴썼다. 깨알 같은 글씨로 가사를 필사하는 동안 고모는 희한하게도 내용을 전부 외워버렸고 흥얼거리던 리듬은 곁에서 영어단어를 외던 내게로 절로 들어와 박혔다. 보따리 안에 차곡차곡 포개졌던 그 수십 개의 가사 두루마리는 어디로 사라졌을까. 통증 같은 그리움에 물었더니 "이사하는 통중에 다 잃어부렸다. 니한테 그게 필요할 줄 알았으면 제대로 간수할걸……" 애통해하신다.

유일재를 떠나 시내에서 몇 가지 허드렛일을 경험한 것은 고모의 안목을 근대화하는 데 기여했으나 생활 전선에 뛰어든 일을 그는 큰 종가의 종부가 지녀야 할 품위를 먹칠하는 흠집이라고 여긴다. 내 생각은 다르지만 그의 뜻을 좇아 이 글에서는 생략했다.

다시 몇 해가 지나갔다. 이용극 선생은 그 후로도 평양의 편지를 드문드문 김후웅에게 배달한다. 자전거를 타다 다리를 다쳤다는 소식도 들리고 거기서 낳은 딸 명숙이 혼인을 한다는 뉴스도 들린다. 그러나 그뿐 다시 세월이 흘러 김후웅은 올해 여든셋이 되었다.

김후웅은 요즘 푼돈을 모은다. 그래 놓고 내게 전화해서 묻는다.

"야야, 평양에 몇 푼 보내는 법은 없을라? 외투라도 옳은 거 하나 사 보내믄 안 될라? 여기는 좋은 약도 이러꾸 많은데……비타민이라는 거를 먹으면 감기에 안 걸리제?" 그래 놓고 금방 앞말을 부정하신다. "놔또라. 무슨 소용 있노? ……팔십 노인인데……하마 죽었을 께 따……"(2007).

그리고 김후웅은 2014년 음력 구월 열사흘에 운명하셨다. 평소 소원 대로 딱 두 달을 앓으시다 가만히 숨이 잦아지셨다. 나는 울지 않고 고모의 손을 잡은 채 부디 평안한 곳으로 가시라고 빌었다. 무덤을 남기지 말라고 유언하셔서 유골은 화장하여 집 주변에 뿌렸다. 코스모스가 무더기로 흔들리는 쾌청한 가을날이었다. 고모는 그 하늘 속으로 환하게 흩어지셨다.

장례가 끝나고 한달 쯤 후 나는 일본의 이용극 선생에게 전화했다. 고모가 돌아가셨어요. 평양의 고모부에게 전해주세요. 만약에 아직 살아계시다면, 생사가 궁금하실 터이니, 알려라도 드리셔요, 구월 열사흘 날이고, 무덤은 일부러 없앴어요. 일부러 토막토막 끊어서 말했다. 그러나 이용극 선생은 내 말을 알아듣지 못하셨다. 그의 일본인 아내가 전화를 바꾸더니 선생님이 치매에 걸리셨어요, 쯤으로 짐작되는 내용을 일본어로 말했다. 나는 아리가도 고자이마스라고 말하고 전화를 끊었다. 그제야 걷잡을 수없이 눈물이 흘렀다.

나의 하나뿐인 고모와 고모부. 열여덟에 만나 스물둘에 헤어진 후 70년을 남과 북으로 갈라져서 살아온 이 부부에게 내가 해줄 수 있는 것은 그것이 전부였다(2017).

덜컹덜컹 기차를 타고 내린 곳은 시베리아 바람이 거센 중국 땅이었다.
어디로 향하는지 무엇을 하게 되는지도 몰랐다.
다만 그날 이후 문 밖에는 일본군이 줄지어 서기 시작했다.
위안소에서 탈출의 대가는 불에 달군 인두였다.
임신을 했다가 자궁째 강탈당했다.
그래도 할머니는 살아남았다. 선한 남편과 아들까지 얻었다.
자신은 다복한 사람이라고 행복해하신다.

내 자궁은 뺏겼지만
천하를 얻었소

일본군위안부 김수해 할머니

金
水
海

김수해 할머니를 만나고 돌아와 낯선 이름 자무스를 인터넷 검색창에 쳐봤다. 그랬더니 이용악의 시 하나가 뜬다.

무엇을 실었느냐 화물열차의
검은 문들은 탄탄히 잠겨졌다
바람 속을 달리는 화물열차의 지붕 위에
우리 제각기 드러누워
한결같이 쳐다보는 하나씩의 별
두만강 저쪽에서 온다는 사람들과
자무스*에서 온다는 사람들과
험한 땅에서 험한 변 치르고

눈보라 치기 전에 고향으로 돌아간다는
남도 사람들과
북어쪼가리 초담배 밀가루 떡이랑
나눠서 요기하며 내사 서울이 그리워
고향과는 딴 방향으로 흔들려 간다

푸르른 바다와 거리 거리를
설움 많은 이민열차의 흐린 창으로
그저 서러이 내다보던 골짝 골짝을
갈 때와 마찬가지로
헐벗은 채 돌아오는 이 사람들과

김수해

金水海

1928 – 태어남
1944 – 중국 목단강 근처에 있는 일본군 부대에 위안부로 배치
1945 – 해방. 위안부에서 나와 강제징용된 노동자와 결혼
2003 – 한국에 돌아오기까지 중국 자무스에서 거주

마찬가지로 헐벗은 나요
나라에 기쁜 일 많아
울지를 못하는 함경도 사내
총을 안고 뽈가의 노래를 부르던
슬라브의 늙은 병정은 잠이 들었나
바람 속을 달리는 화물열차의 지붕 위에
우리 제각기 드러누워
한결같이 쳐다보는 하나씩의 별

―이용악의 〈하나씩의 별〉

  해방을 맞아 남쪽으로 내려오는 기차 안인가 보다. 아니 기차 안이 아니라 화물열차 지붕 위다. 헐벗고 서럽지만 서로 음식을 나눠먹으며 고향으로 돌아오는 그들에겐 무언가 희망이 있다. 함께 하나씩의 별을 쳐다본다. 그렇지만 이 시詩 위로 부는 바람에는 설렘보다 더 큰 불안이 있다. 화물열차의 지붕 위이기 때문인가.

  저 기차 위에서 불안과 기대에 엇갈려 울지도 웃지도 못하는 사람들 중의 하나가 김수해 할머니다. 아니 그는 저 사람들처럼 남으로 오는 열차에 몸을 싣지도 못했다.

  김 할머니는 중국 송화강 상류, 러시아 국경 가까이에 있는 헐벗은 도시 자무스에서 평생을 살았다. 저 지붕 위에 간절히 올라앉고 싶었지만 김수해 할머니는 그러지 못했다. 그때 내려왔든 거기 머물렀든 삶은 마찬가지로 흘러갔을까. 아니 그 선택 자체가 생사의 기로였을까.

먹을 것만이 오로지 문제였던 시절

대구의 13평 영구 임대아파트에 살고 있는 김수해 할머니는 지금 행복해 보였다. 실제로 잘 웃고 쾌활하고 건강에 신경 써서 하루 한 시간씩 운동하고 노래책을 펼쳐놓고 최신가요를 배우며 맛있는 음식을 만들어 이웃과 나눠먹고 집안을 정갈하게 청소하고 화초를 가꾸며 살고 있었다.

"중국서 가끔 친구들이 옵니다. 거기서는 재벌이라도 나맨치 잘 살지 못합네다. 집도 주고 돈도 주고……나라가 얼마나 고마운지 모르겠습네다. 보답할 길이 없습네다."

러시아에 면해 있는 춥고 삭막한 국경도시 자무시(한자로는 가목사佳木斯라고 쓴다)에서 중국 내 소수민족으로 살아온 김수해 할머니는 77세이던 재작년 비로소 조국의 품으로 돌아왔다. 열여섯에 떠났으니 실로 62년 만이었다. 눈을 의심할 정도로 발전된 조국이었다. 어린 처녀가 중국에는 왜 갔나? 그 이야기야말로 이야기 책 열 권으로 써도 모자랄 사연이다. 떠나던 날은 지금도 생생하다. 절대로 잊을 수가 없다.

그는 아홉 남매의 맏이였다.

"우리 어매가 모두 열둘을 낳았는데 셋은 없애고 아홉만을 길렀소. 그중 내가 맏이요."

아아, 이렇게 시작되는 이야기를 김수해 할머니 세대 말고 앞으로 또 누가 들려줄 수 있을 것인가. 나는 그의 무릎 아래로 바짝 다가앉으며 말했다.

"오늘 밤 여기서 자고 갈게요. 저를 하룻밤만 재워주세요."

김 할머니는 포항 근처 흥해라는 바닷가에서 나고 자랐다. 가난이야 더 말해 무엇하랴. 수해는 딸이지만 부지런하고 힘 좋고 겁 없는 아이였다.

"내가 물 힘이 좀 있었잖소. 헤엄을 아주 잘했제. 열두 살 때부터 물에 들어갔소. 처음엔 미역하고 천초(우뭇가사리)를 뜯다가 나중에는 전복 따는 법도 배웠소."

당시엔 흥해 앞바다에도 해녀가 있었다. 제주도에서 올라온 해녀들이었는데 바다가 좋았던 수해는 그들에게 잠수 기술을 익혔다. 여름엔 바다에서 일하다가 10월이 되어 추워지면 산에 올라 나무를 했다. 솔방울과 갈비(땔감용 마른 솔잎)를 긁어서 이고 가기 좋을 만큼 단을 묶어 동생들 편에 내려보내고 저는 맨 나중에 따로 한 짐을 크게 해서 지고 내려왔다. 누가 시키지 않아도 그런 일을 혼자서 쓱싹 잘도 해냈다. 학교에 간다는 건 엄두도 못 낼 일이었다. 그 많은 동생들과 밥을 굶지 않고 산다는 것만도 버겁고 바빴다. 어머니가 글자를 조금 알아 받침 없는 글자 몇은 읽을 줄도 알게 됐다. 그걸로 족했다. 먹을 것만이 오로지 문제였던 시절이었다.

"우리 아부지가 청년 때 일본놈을 하나 죽여 돌을 매서 바다에 빠뜨렸다오. 그래서 늘 쫓기는 몸이었제. 배를 타고 늘 강원도다 어디다 바다로만 돌아댕기느라 혼인이 늦었다오. 한 20년 지난 후에 순사들도 갈리고……그런 연후에야 육지에 올라와 살 수 있었던 갑소. 내가 아버지 서른일곱 살에 낳은 첫 딸이오. 그러니 말도 못하게 귀애했지. 이름 자도 특별히 공을 들여서 짓고. 어머니는 아부지보다 스무살 아래로 날 낳을 때 열일곱 살이었소."

고모가 시집가서 구룡포에 살고 있었다. 고모부는 배를 타고 나가 일본, 대만 같은 데서 장사하는 사람이었다. 그러니 살림이 제법 괜찮았다. 가까이서 어려운 친정을 이모저모 도와주던 그 고모에게 풍병이 났다. 어리지만 걱실걱실 일을 잘하는 수해가 고모집 일을 도와야 한다고 어른들 사이에 공론이 모아졌다.

그래서 열다섯 살쯤엔 구룡포 등대 근처 고모집에서 살았다. 밥하고 빨래하고 우물물을 긷고. 식모들이 하는 일이었지만 박대받지 않았으니 섧지도 않았다. 기질이 천성적으로 밝고 씩씩했다.

김수해 할머니는
행여 중국에 있는 아들이 알아볼까 염려하여
사진 찍는 것을 사양하셨다. 할머니의 뜻을 좇아 이 글에서는
김수해라는 가명을 이용하고 사진도 게재하지 않았다.

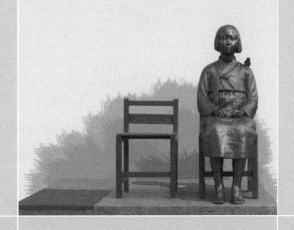

"그때 고모집 인근에 일본 사람이 하는 점방이 있었소. 과자
도 팔고 비누도 팔고 하는 집인데 그 집에 남갑숙이라고 어데
촌에서 온 아~가 하나 와 있었소."

자연 남갑숙과 친하게 지냈다. 나이는 한 살 아래였지만 둘은
밤마다 모여서 수도 놓고 돈 벌 궁리도 하고 막막한 미래도 꿈
꿔보고 그랬다.

"하루는 갑숙이가 오더니 오데 외국으로 돈 벌러 갈 길이 있
다고 그래요. 저네 집 주인 남자가 그런 말을 꺼내드라캐요. 부
모들께 의논하면 못 가게 붙들 게 뻔하다, 그러니 일단 먼저 가
서 돈을 벌자. 그래 놓고 편지를 하자. 봉투에 든 돈을 받아보시
면 부모님이 얼마나 기뻐하시겠나······. 그렇게 우리끼리 의논
이 모아졌댔소."

돈을 벌기 위해 정처없이 올라탄 기차

며칠 후 저녁 먹고 설거지까지 해놓은 후에 갑숙이네 점방으로
갔다.

"일본 남자 둘이 이미 와 앉아 있데요. 낯선 처녀들도 두 명
더 있고. 일본 남자 중 하나는 순사 옷을 입었데요. 점방 주인 남
자가 차비는 자기가 대줄 테니 걱정 말라고 해요. 집에다는 말

하지 말고 그냥 가서 나중에 편지로 알리라고 갑숙이가 했던 말을 또 하데요. 입던 옷 입은 채로 신던 신발 채로 그날 밤에 배를 탔네요. 내가 머저리니 어디가 어딘지 알 수가 있나요. 어디 기차역이 있는 곳에 내리니 우리 말고 처녀들 네 명이 더 있데요. 꺼면 무명치마에 흰 저고리를 뺄쭘하니 차려입고……외출한다고 벌건 댕기도 들였데요. 차림새만 봐도 숭악한 촌에서 데려온 처녀들인 줄 알겠데요. 지금 생각하면 거게가 아마 포항쯤 된 거 같소."

김수해 할머니는 이야기를 아주 구성지게 잘했다. 다 잊었다고 하면서도 어떤 부분은 대화 내용, 배경 설명, 입은 옷들까지 두루 선명하게 기억했다. 구술 여성사에 관심 있는 친구와 나는 할머니가 내준 알록달록 몸뻬바지를 입고 할머니가 자랑하는 자석요에 엎드려서 60년 전 내 나라 처녀들이 당한 기막힌 고초의 사연을 통분하며 들었다. 이야기하다 말고 할머니는 벌떡 일어나 오징어를 데쳐오고 야채전을 구워왔다. 그리고 먹으라, 먹으라고 권했다. 저녁식사 때는 수북한 밥 그릇을 국 그릇에다가 팍 엎어서 말아버렸다.

"많지 아이 하오. 든든하게 다 먹어놓시오. 먹어야 이야기도 듣고 글씨도 쓰잖겠소?"

하염없이 먹으라 먹으라고 권하는 할머니들. 그들은 오로지 먹는 것만이 절대절명의 가치였던 젊은날을 지내왔다. 그러니 사랑을 표현하는 가장 절실한 방법이 밥을 해먹이는 일이다. 한 숟갈이라도 덜 먹어 다이어트를 실천해야 한다는 지금 처녀들의 강박과 한 숟갈이라도 더 먹이지 못해 안달하는 할머니들과의 실갱이는 압축성장의 대표국인 우리나라에서만 보이는 현상일까. 모처럼 밥을 국에 덤벙 말아버리는 할머니를 보면서 이야기의 내용 때문이 아니라 그 친숙한 동작 때문에 나는 지레 눈시울이 뜨끈해졌다. 바다 깊이 잠수했던 것도, 고모집에 얹힌 것도, 부모 몰래 집을 떠난 것도 배부르게 밥을 먹기 위한 것이 첫 번째 목적이었다. 그 많은 동생들을 배 곯려서는 안 된다는 누이로서의 의젓한 사랑이 시킨 일이었다.

기차역 앞에서 처녀 여덟이 밥을 먹었다. 길을 잃을지 모르니 밖에는 나가면 안 된다고 했다. 방 밖에서 누가 지키는 눈치였다. 무언가 불안했다. 이튿날 기차를 탔다.

"일반차가 아니라 짐칸 같은 찹니다……창문이 하나도 없습디다. 덜컥거리며 가기는 가지만 내다볼 수가 없으니 어디가 어딘지 알 수가 있어야지요. 그냥 며칠을 그 안에 갇혀서 차를 타고 간 거 같소. 그게 암만 해도 군용차 같앴소. 보진 못해도 딴 칸에 군인들이 가득 타고 있었던 갑소. 우리 중에 얼굴 반반한 몇은 기차 안에서 벌써 어디론가 끌려나갔다 옵디다. 돌아와서 엎드려서 울어싸요. 그게 뭘 뜻하는지 알겠데요. 들은 적은 없어도 왜 우는지 다 알아지데요……기가 딱 찹디다. 이미 엎질러진 물이지요. 어데로 도망갈 수가 있었겠소?"

며칠 후 기차에서 내렸다. 혹은 그냥 하루 만이었는지도 모른다. 얼마의 시간이 흘렀는지 짐작할 수도 없었다. 극도의 공포와 극도의 절망 속에 기차에서 내리자 일찍이 한번도 맞아본 적 없는 찬바람이 귀때기를 때리며 지나갔다. 여기가 시베리아라는 데구나 싶었다. 1944년 10월이었다.

너희들은 군대 중에서도 의무병이다

"알고 보니 목단강이었습네다. 중국 흑룡강성 목단강시 제1신시가지. 산 밑에 허름한 가건물이 죽 늘어서 있데요. 군부대가 주둔한 것 같았어요. 우리들을……그걸 뭐라고 합니까? 환자를 치료하는 사람 있잖소? 아, 의무병이라고 칭했습네다. 너희들은 군대다. 군대 중에서도 의무병이다. 의무병으로서 전쟁을 치르는 것이다. 3년 만 임무를 완수하면 집으로 보내준다. 돈도 줄 것이다. 얼른 전쟁에 이겨야 고향으로 돌아갈 수 있다. 그동안 잘 싸워달라고 했습네다."

난 정말 물어볼 게 많았다. 우선 그 말을 한 사람의 신분이 뭔지, 도착한 후 기분이 어땠는지, 처녀들의 나이는 몇이나 됐는지, 몇 명쯤인지, 거기까지 온 경위를 서로 얘기할 기회가 있었는지, 여자들의 외모는 어땠는지, 머리는 따로 손질했는지, 옷이나 화장품을 나눠줬는지, 먹을 것은 충분했는지, 그 안에도 재미라는 게 있었는지, 군인들은 하루 몇 명쯤 왔는지, 얼마나 머물렀는지, 혹 우정이나 사랑 비슷한 게 생길 틈은 없었는지, 몇 푼이라도 돈을 받은 적은 있는지 등등등.

"내 차근차근 다 얘기할끼요. 내 죽으면 누가 그걸 말하겠소. 일본 총린가 뭔가 하는 놈, 그 아벤가 뭔가 하는 놈이 우리를 동원한 적이 없다고 한다믄서요? 내가 날마다 아홉 시 뉴스는 빼놓들 않고 보요. 내가 당장 일본에 달려가서 허파를 뒤집어 보이고 싶제마는……자식들하고 조카들 눈이 있어 가질 못해요. 까짓거 이야기사 왜 못하겠소? 다만 내 이름 자를 말하지는 마시오. 우리 아부지가 특별하게 지어준, 얼마나 뜻이 좋은 이름인데……말해삐리면 자식들이 내 일을 다 알 꺼 아이요? 하긴 알아도 상관없소. 내 인제 얼매나 살끼라고……그 안에서 맞아 죽는 것도 봤고 목매 죽는 것도 봤소. 그런데 사과는 못할 망정 그런 일이 없었다니 손바닥으로 하늘을 가릴 놈들……일본이 망하는 걸 내 눈으로 봐야 하는데……내 몸 한번 볼라요? 내 나이 팔십인데 인제 부끄러울 게 뭐가 있겠소."

일본의 책임 이야기가 나오자 할머니는 아주 흥분하셨다. 옷을 걷어 당신의 맨몸을 이리저리 보여준다. 아아, 그 몸은 참혹했다. 온몸이 흉터투성이였다. 젖가슴과 엉덩이와 등과 팔뚝과

허벅다리……깊은 속살, 은밀한 곳마다 흉측하고 잔인하게 흉터가 지나가고 있었다. 이런 흉터를 지니고도 어찌 그토록 침착하고 유쾌할 수 있었던지.

목숨을 건 탈출

"일본 군인 놈이 불로 지진 거요. 화로 속에 꽂는 인두로. 3년 만 임무를 완수하라니. 3년을 무슨 재간으로 버티겠소? 앞이 캄캄합데다. 1년이 안 가 뼈가 다 녹아불 것 같앴소. 온몸의 진액이 다 빠져나가 허깨비가 될 거 같앴소. 그래서 도망을 쳤어요. 내가 간이 커요. 어려서부터 담대했어요. 포항에서 같이 갔던 여자 셋을 꼬였어요. 여기서 죽느니 나가서 죽자, 중국 시골로 달아나서 농사지으면서 살자. 그렇게 탈출을 주동했어요. 도망치다 붙잡혀서 맞아 죽는 것을 본 적 있소. 그래도 못 견디겠데요. 한밤중에 문지기가 조는 틈을 타서 대문을 빠져 나왔어요. 잡혀간 게 시월이고 도망칠 때는 간 지 서너 달 후니까 섣달쯤 됐을 거 같네요."

집 울타리에 철조망을 쳐놓고 철조망에 전기를 설치해놨다고들 했다. 다행히 전기에 걸리지 않고 울을 넘었다. 무조건 달렸다. 아침이 훤해질 때까지. 외딴집까지 달려가 문을 두드렸다. 몸이 얼어 더 이상 견딜 수가 없었다. 목단강 주변의 추위는 상상을 초월했다. 게다가 신고 있는 신발은 일본식 게다였다. 오래 걸을 수가 없었다. 집안에서 중국인 여자가 나왔다. 바느질하는 집인데 이상하게 환대를 했다. 그 집에 들어가 뜨거운 물을 얻어 마시고 지친 몸을 녹이는 중 잠이 들었다.

간단한 이야기였다. 그 집은 도망자를 기다리는 중국인 밀고꾼의 집이었다. 잠이 채 깨지도 않은 눈으로 총을 든 일본 군인들이 방문 앞에 서 있는 걸 봤다. 그날 끌려와서 불인두에 지져졌다.

"연기가 풀썩풀썩 납디더. 살이 타는 내음이 누릿합디더. 목이 메어 비명도 안 나옵디더."

화상은 어떤 매질보다 아팠다. 그리고 절대 도망갈 수 없다는 절망을 가르쳤다. 당사자인 김수해뿐 아니라 그 상처와 아픔을 지켜보는 위안소 여자들 전체에게.

삔또르와 군표

여자들은 20명 남짓했다. 김수해 할머니가 열일곱(할머니가 열일곱이라니? 그러나 이 경우엔 전혀 상호 충돌하지 않는 수식이라는 것을 확인하고 고치려다 그냥 둔다), 남갑숙이 열여섯, 다른 데서 온 여자들도 대개 고만고만했다. 3년 전부터 와 있었다는 스물다섯쯤

된 여자도 있었다. 그이를 오야지라고 불렀다. 오야지는 일본말도 잘했고 거기 온 여자들의 권익을 위해 나름대로 애썼던 것같다. 대개가 억지로 끌려온 조선 여자였다. 조선 중에서도 경상도 여자, 경상도 중에서도 포항 인근의 바닷가 출신 여자가 많았다(그건 김 할머니가 있던 목단강 위안소만의 현상인지도 모른다). 중국 여자도 둘 있었다. 박색도 있고 일색도 있었다. 닥치는 대로 끌고 왔지 얼굴을 보고 선발한 것 같지는 않았다. 밥은 여덟 명씩 한방에 모여 먹었다. 쌀은 전혀 없는 수수밥이었다. 그것도 그릇에 덜 차게 하루 세 번 줬다.

"위안소의 주인은 계급이 높은 일본 군인이었소. 그 마누라는 모르긴 해도 조선 여자인 것 같았소. 조선말을 썩 잘했소. 한 쉰은 됐을까……옷은 대개 몸뻬바지를 입었소. 옷이야 아무래도 좋았지. 그런 걸 신경 쓸 겨를이 어디 있겠소. 머리는 다 단발이었고 화장품은……분 한 통씩을 나눠준 것 같소. 그러나 그걸 발라 단장하는 여자들은 못 봤어요. 다들 죽지 못해 사는 거지 살려고 사는 여자는 하나도 없었으니까……군인들은 하루 열댓 명씩 들어왔소. 방 앞에 죽 줄을 서 있지. 반시간씩 있다 가요. 시간 되면 바깥에서 종을 칩디다."

혼란스럽고 무참하고 끔찍해서 나는 한 입도 뗄 수 없었다. 이런 처참한 역사를 내 눈으로 확인하다니……. 그러나 삶은 길고 고통은 지나간다. 잊을 순 없겠지만 엷어지는 건 확실하다.

"일본 군인이 방에 들어올 때는 두 가지를 들고 옵네다. 우리는 삔또르라고 불렀는데 그걸 여기선 뭐라고 부릅니까. 고무신도 아니겠고……그게 우리들에게는 임신을 방지하고 군인들에게는 병에 걸리지 않게 하는 기구입네다……. 그 삔또르 하나하고 요만한 표 쪼가리 하나하고. 문 밖에서 줄 서 있을 때 두 가지를 나눠주는 것 같습네다. 전표는 나중에 제대할 때 돈으로 바꿔준다고 했소. 머리맡에 그걸 모아놨어요. 나는 이만한 통으로 하나 가득 모았어요. 나야 열 달 남짓 모은 거지만 3년 모은 여자들도 있었소. 그게 휴지조각이지 뭡니까. 그걸 돈으로 바꿔준다고 꼭 믿었던 것 아닙네다. 의심했지. 그래도 버릴 수는 없습네다. 전쟁이 끝나고 중국인을 피해 도망치면서 그걸 들고 갈까 놓고 갈까 망설이는데 헛웃음이 나옵네다……. 아이고 내가 머저리지 인제사 이런 말을 해서 뭣하겠소?"

김 할머니가 전표라고 부르는 군표! 위안부 관련 자료를 찾다가 나는 버마 쪽으로 끌려갔던 어느 할머니의 기록을 봤다. 일본군 위안소에서는 어디서나 군표를 나눠줬던 모양이다. 그리고 그걸 나중에 돈으로 바꿔주겠다고 약속했던 모양이다.

군표라도 모을 수 있는 자유가 있어 다행이었다. 언젠가 몸속에 고인 더러운 정액을 닦아내버리고 고향으로 돌아가 가난을 벗어던지고 부모형제와 만날 꿈을 꾸며 버마 땅을 짊어지고 누워서 검은 하늘에다 별을 그려나갔다. 낮과 밤이 지나가기를 아무리 기다려도 새벽은 돌아오지 않고 두 다리 사이 깊숙이 찍히는 화인火印을 견뎌내려고 눈앞에 무수히 쏟아지는 은하를 보며 까무러지곤 했다.

군표 삼백 장에 밭 서 마지기를 사고, 논 서 마지기에는 군표 천 장, 어머니 비단옷 한 벌에 서른 장, 아버지 모시옷 한 벌엔 마흔 장, 친척들 선물에는 백 장……그러나 전쟁포로가 된 나는 그토록 애지중지 모았던 군표를 모두 버렸다…….

김수해 할머니도 머리맡에 차곡차곡 쌓이는 군표가 아니었다면 그 '강제 성노예 피해자' 생활을 더더욱 못 견뎌냈을 것이다. 일본 군대는 위안부들에게 군표를 나눠주며 조직적인 사기 행위를 벌인 것이 명백하다.

강탈당한 자궁

게다가 나눠주는 콘돔은 부실했다. 사용하지 않는 군인들도 많았다. 그래서 위안부들의 임신이 잦았다. 배가 불러진 여자들은 어디론가 흔적 없이 사라졌다. 그리고 돌아오지 않았다.

"배가 만삭인 여자 방 앞에도 그 짐승들이 줄을 죽 서 있었소.

그러다 어느 날 쥐도 새도 모르게 사라져요……."

그런데 김 할머니의 월경이 끊겼다. 죽었구나 싶었다. 잘됐구나 생각했다. 입덧이 심했다. 아무것도 먹지 못했고 먹으면 토했다. 열일곱, 어리디 어린 나이, 집을 떠나 춥고 낯선 땅에 끌려와 온몸을 지져놓은 화상, 그 상처가 겨우 아무는가 싶은데 다시 맞닥뜨린 임신. 그러나 희한하게도 토하면서 비로소 삶의 애착 같은 것이 생겨나는 걸 느꼈다.

"감추려고 했는데 오야지가 주인한테 말한 것 같습디다. 내 방 앞 팻말을 며칠 뒤집어놓데요. 문 앞에 팻말이 달려 있어 그걸 뒤집으면 그 방 앞에는 줄을 안 서거든요. 배가 남산만 해도, 월경 중에도, 암만 아파도 팻말을 뒤집는 일은 없었는데 희한하데요. 그때가 아마 3~4월쯤 됐을 겁네다."

주인이 불렀다. 어떻게 할 건가 물었다. 집으로 보내달라고 매달려봤다. 대답은 너무나 당연히 '노'였다. 대신 아이를 지워주겠다고 했다. 병원으로 실려갔다. 전에도 가본 적 있던 목단강 시내의 군인 병원.

"한 달에 한 번인가 토요일에 우리를 군대 병원에 데려가서 검사를 했었소. 부인과에. 우리를 위해서 했겠소. 지네들이 병 걸릴까 봐 했겠지."

그 병원 침대에 묶여서 수술을 받았다. 나중에 알고 보니 아이만 지운 게 아니었다. 자궁 자체를 들어내버린 거였다. 그 이후 월경이 없어지고 대신 입으로 피가 넘어왔다. 한 달에 한 번 정확한 날짜에 입으로 피가 울컥울컥 토해졌다. 그런 일이 정말 가능할까. 김수해 할머니의 착각일까. 생리가 아니라 심리적 현상이었을까. 아무튼 그 증상은 다른 여자들의 폐경 무렵인 마흔여덟께에 끊어지더라 했다.

"정말 피가 입으로 나와요?"

"그랬댔소. 아무도 믿들 않지만 사실이오."

아아, 내가 더 이상 무엇을 확인해야 할까.

"히로시마에 원자폭탄이 떨어졌다기에 나는 일본이 천벌을 받은 줄 알았소. 마땅히 그래야 한다 싶었제. 그런데 아무 일 없이 다시 잘사는 나라가 됐다니 세상 일이 어째 이렇소?"

열여덟에 자궁을 강탈당한 소녀는 열흘 뒤에 다시 위안소로 돌아왔다. 배 위의 상처가 아물기도 전에 다시 군인들을 '위안' 해야 했다.

"실을 금방 뽑아 숨 쉬면 아픈데도 내 방 앞에 줄은 한정 없이 길었소……."

당시엔 물론 자궁을 잃은 줄도 몰랐다. 그걸 안 건 나중에 훌륭한 남자를 만나 결혼한 이후였다.

"혼인을 했으면 아이를 낳아줘야 하는 게 여자의 임무인데……암만 해도 아가 안 생깁디더. 그래서 혼자 병원에 가봤더니 자궁을 끊어내고 없다 캅데다."

그 사연을 어떻게 말로 다 풀어낼 수 있으랴. 우리는 밤을 꼬박 샜다. 울고 웃었다. 울 때보다 웃을 때가 더 많았다. 왜냐하면 김수해 할머니의 이후 삶이 너무나 행복했기 때문에.

하늘에서 내려온 남편

신선이 하늘에서 죄를 짓고 땅으로 내려온 것을 적강謫降이라고 부른다. 김 할머니가 만난 남편이 바로 그 적강이었다. 믿을 수 없이 관대하고 여자를 귀하게 사랑할 줄 알며 남의 아픔을 애통할 줄 아는 남자, 그는 산판에서 벌목공으로 일하는 쿨리(하층 육체노동자)였다.

"막내 여동생이 아주 똑똑합네다. 내가 목단강으로 끌려간 이후에 태어난 놈이요. 요기 내 곁에 살아요. 부자로 삽네다. 아주 멋쟁이고 재산이 억이 넘어요. 그것이 어느 날 내게 그럽디다. '언니는 정신대야. 정신대!' 정신대라는 말을 나는 그 애한테 첨 들었습네다. 내 있던 곳이 위안소였으니 위안부라는 말은 그때도 했으나. 내가 아직 힘이 남았으니 일본에 직접 찾아가서 일본군 위안부 증언을 하고 싶소. 말을 잘 못하겠다는 할무이들도 많은데 나는 잘 할 수 있어요. 그때 일 하나도 안 잊고 다 기억을 합네다. 그런데 내가 앞에 나서면 중국에 있는 아들놈이 알까 봐 무섭소. 그것만이 걱정이요……."

실은 김수해 할머니를 만나기 전에 다른 위안부 할머니 한 분을 미리 만났었다. 그분이 바로 '말을 잘 못하는 할머니'였다. 구체적 기억도 가물가물하고 당신이 있었던 곳을 자꾸만 '인도'라고 하셨다(나중 알고 보니 미얀마였다). 정글 속에서 끊임없이 피난을 다니다가 전쟁이 끝난 후 미군 포로로 부산항까지 이송됐던 모양인데 그 전말과 내용을 안타깝게도 거의 기억하지 못하셨다. 어쩔 수 없이 '정신대 할머니와 함께하는 시민모임'에 얼른 도움을 청해서 김수해 할머니를 다시 소개받은 것이다. 그러면서도 나는 자그만 키에 가냘픈 몸매의 그분, 그 애달픈 몇 마디를 절대로 지울 수가 없었다. 그게 바로 결혼에 관한 얘기였다.

"내가 저 영감하고 30년을 같이 살았어도 거래는 딱 두 번밖에 안 했어. 남자라 카믄 근처에만 가도 군지럽고 숭실시러운데 같이 살 수가 있어야제. 쉰이 넘어서 서로 거래는 안 한다는 조건을 놓고 저 영감을 만났어. 그 조건이 안 맞으면 남자하고 같이 살 수가 없제……."

그렇다. 한 여자로서 이후 다시는 '남자와 거래할 수 없다는 것', 그 정신적, 육체적 상처가 일본군 위안부 할머니들의 삶을 결정적으로 망쳐놓는다.

그런데 김수해 할머니는 그 부분에서 다른 할머니들과 전혀 달랐다. 온몸이 빼꼼한 데 없이 흉터투성이인 데다 자궁까지 적

출되고 없는 가엾은 여자를 부여안고 한없이 울어주는 드문 남자를 그는 남편으로 만났던 것이다.

"우리는 한 번도 싸우지를 않았소. 손뼉이 척척 맞았어요. 영감은 중국 공산당원이었어. 공산당원이란 건 인간 생활에 적당한 기라요. 양심 나쁜 짓은 절대로 안 하고 사람의 인격을 존중하고 첩이란 것도 몰라요. 아들을 낳아야 한다고, 날 버리고 새장가를 들라고 암만 애원을 하고 토론을 해도 절대 그럴 수 없다고 했소."

남편에게 비로소 그는 자신의 이름 자를 배운다. 어머니가 가르쳐준 건 받침 없는 글자밖에 없었으므로. 구구단도 배웠다.

"당신같이 아까운 사람이 글을 몰라서야 쓰겠나"는 말이 좋아 더 열심히 외고 익혔다.

남편을 만난 것은 해방 직후였다. 패전을 알자 일본군은 삽시간에 도망쳤다. 그냥 도망치는 게 아니라 자기들의 진지에 모조리 불을 질렀다. 기름 창고, 양식 창고, 군인 막사, 위안소를 남김없이 태워버렸다. 그 안에 있던 사람들도 함께 타죽었다.

"목단강 시내에 있던 다른 위안소들은 다 태워버렸다오. 그래서 숱한 여자들이 죽었어. 우리 제1신시가지 위안소는 바깥으로 커다란 쇳덩어리를 채워놨는데 희한하게 불이 안 붙었데요. 우리는 전쟁이 끝난 것도 몰랐네요. 벨나다, 군인들이 안 온다, 주인이 없어졌다 하믄서 사나흘을 그 안에 갇혀 있었어요. 주인이 와서 먹었다고 때리믄 어쩌나 하면서도 쌀을 꺼내 밥도 해 먹었소. 며칠 후에 시꺼먼 중국 청년들이 들이닥치데요. 팔에 빨간 완장을 차고! 다 제 갈 데로 가라고 하데요. 해방이 됐다고. 일본놈은 망했다고!"

목단강 시내로 나왔다. 자유! 해방! 같이 떠났던 남갑숙도 곁에 있었다. 그러나 어디로 가야 할지는 알 수 없었다. 이 글 첫머리에 인용한 이용악의 시도 바로 이 무렵의 풍경일 것이다. 사람들이 많이 가는 쪽으로 무조건 따라갔다. 백 리를 걸어 신안진(조두남이 선구자를 작곡했던 도시)으로 갔다가 노길령으로 갔다가 다시 입싱가로 나왔다.

해방을 맞아 밀려나온 조선인으로 거리는 발 디딜 틈 없이 붐볐다. 남편 박○창(아들을 위해 실명은 생략한다)은 보국대로 끌려가 흑룡강성 삼도까시라는 산속에 붙잡혀 있던 벌목공이었다. 그도 해방 소식을 듣고 막 산을 내려온 사람이었다. 스물두 살에 잡혀가 스물여섯 살에 내려온 길이라 했다. 둘은 목단강시의 허름한 밥집에서 만났다. 밥집 주인이 중매를 섰다.

"강제 징용당했던 쿨리들 백 명이 일주일을 걸어서 내려왔대요. 남갑숙이도 그중의 하나하고 혼인을 했소. 우리 영감은 그 많은 여자들 중에서 하필 나를 찍데요. 건강해 보인다고……그 사람은 글이 똑똑해서 나 같은 것하고는 달라요. 황해도 봉산군 사람으로 서울서 휘문고등을 나왔어요. 나중에는 목단강시 공회의 회장도 했소. 그게 당의 고급간부요. 팔로군에 나가 한 8년 군대 생활할 때는 내가 아바님 모시고 살림을 도맡았소. 나도 영감 은혜를 갚을려고 뼈가 빠지게 일을 했소."

내가 무슨 복을 이렇게나 잘 타고 났는지

일본놈이 버리고 간 집에, 세간에, 쌀에 신접살림은 부족함이 없었다. 이듬해 부부는 두만강을 건너 황해도 봉산에 가서 홀로 계신 '아바님'을 모시고 왔다. "내가 못 할 일이 뭐가 있겠소. 아바님을 참말로 극진하게 모셨소. 나중에는 동서하고 조카도 우리 집에 와 있었고……아바님은 91세까지 편하게 살다 가셨네요." 아이가 없다는 것 말고는 부족함이 없었다. 아니 남편에게 2세를 낳아줄 수 없다는 것이야말로 아내 김수해에게는 견딜수 없는 형벌이었다. 진심이었다.

"이웃에 혼자 사는 여자가 있어요. 살림이 곤란해요. 남편 없이 아이만 넷인데 나하고 친했소. 말을 꺼내지는 못하고 있는데 그쪽에서 먼저 '동생, 내가 이 집 종자를 하나 낳아주믄 안 되겠소?' 합디다. 영감을 꾀우느라고 힘이 들었지 나머지는 절로 되데요."

아들이었다. 아들을 낳자마자 받아 안고 8백 리 밖으로 이사했다. 그게 자무스였다. 아무도 몰랐다. 아이가 '따박따박' 자라는 것을 보면 천하를 얻은 것 이상이었다.

"나도 영감한테 보답을 한 거 아이요. 자다가 신기해서 아들 고추를 쓱 더듬으면 영감 손이 먼저 거기 가 있다오. 하하하하⋯⋯제 몸으로 낳은 것보다 훨씬 더 애중하지⋯⋯."

나중 아들이 군에 입대했을 때 아들이 하도 보고 싶어 견딜 수가 없었다. 그래서 다시 딸을 하나 들였다.

"군대 간 놈에게 먼저 허락을 받았소. 여동생을 하나 입양해도 되냐고 편지했더니 좋다고 하데요. 영감이 차비를 마련해줘 멀고 먼 상해까지 면회를 갔제. 세 살 난 여동생을 안겨줬더니 이 녀석이 얼마나 좋아라 해쌓는지⋯⋯."

지금 그 딸은 한국에 나와 있고 어머니의 사연을 알고 있다. 남편은 7년 전 세상을 떴다. 삼년상을 치뤘고 아이들은 둘 다 혼인해 살림을 났다. 포항에서 동생들이 큰언니를 찾는다는 소문이 들렸다. 꼭 한 번 돌아가 보고 싶었다. 화장해서 무덤을 만들었던 남편 묘소를 파 송화강에 뿌렸다.

"한번 산소에 가려면 아들 며느리가 고생해요. 저들 고생하지 말라고 아예 산소를 없애고 나왔소. 아들, 며느리가 어찌나 내게 다 잘하는지, 내가 무슨 복을 이렇게나 잘 타고났는지 알 수가 없소⋯⋯내사 인제 겁날 게 뭐가 있겠소. 아들이 아직 나를 친어무이로 알고 있는 그게 오직 맘에 걸려서⋯⋯."

할머니의 이름을 바꾸느라 우리는 머리를 맞대고 궁리했다.

이름을 그대로 쓰면 아들이 알까 봐 시종 맘에 걸려 하셨다. 1956년생이라니 이미 쉰이 넘은 아들인데도 혹 마음을 다칠까 내내 염려되는 모양이셨다. 성과 이름을 모조리 바꿔 김수해는 어떠냐고 내가 제안했다. 이름이 아주 맘에 든다고 김 할머니는 파안대소하셨다. 그리고 얼른 일어나 우리 먹일 밥을 지으러 부엌으로 나가셨다. 치마폭에서 날렵한 바람이 핑 일었다.

덧붙임: 《여자전》 재발간을 알려드리려고 김수해 할머니를 수소문했으나 끝내 연락이 닿지 않았다. 할머니가 차려주시던 밥상을 또 한번 받아보고 싶은데, 그 활달하던 웃음소리도 다시 한번 듣고 싶은데 김수해 할머니는 어디로 가셨나(2017).

배고픔을 면하려 남의 땅으로 간 열네 살 소녀는
두 오빠를 따라 중국 팔로군이 되었다.
총탄 세례에도, 황하 도강에도 그는 모질게 살아남았다.
우리가 전장으로 보낸 소녀, 윤금선은
외려 마음의 평화를 얘기하며 조국으로 돌아왔다.

죽음의 강 황하를
건너온 소녀

중국 팔로군 출신 기공 연구가 윤금선

尹
錦
先

열네 살 소녀가 제 땅을 떠나 만주로 갔다. 나라는 남의 손에 빼앗긴 지 오래, 배고픔이라도 면하고 싶었다. 만주에는 먼저 이주한 큰집이 살고 있었다. 땅이 너르고 비옥해 콩 하나가 밤톨만 하다는 소문이었다. 그 말에 매달려 온 가족이 낯선 땅으로 이주했다.

그러나 꿈의 땅 만주는 소문과 달랐다. 풍요로운 고장이기는 커녕 외려 영하 30도가 넘는 강추위가 기다리고 있을 뿐이었다. 가래침을 타악 뱉으면 땅에 떨어지기도 전에 얼어버리는 땅, 춥고 배고프고 거칠고 낯설었다.

1946년 여름 만주엔 콜레라가 창궐했다. 병에 걸린 중국인은 거의가 죽었는데 조선인은 희한하게 살아난 사람이 많았다.

"조선인은 개고기 먹고 고춧가루 먹어서 안 죽었다고 중국인
들의 배척이 얼마나 심했다고! 고추밭을 다 망가뜨리고 개도 보
이면 잡아가버렸어. ……국민당 군인과 백러시아 군인들은 여
자라면 무조건 잡아가는 짐승이었어. 대낮에도 무조건 옷을 잡
아찢으니 그게 짐승이지 사람이오? 올케와 나는 밤낮으로 볏단
을 쌓아놓고 그 안에 숨어 있었어. 밥은 밤중에나 몰래 들어와
서 먹고."

  살길을 찾아야 했다. 두 오라버니는 군에 입대했다. 배라도
곯지 않으려면 그 길뿐이었기에 여동생 윤금선도 따라서 입대
했다. 중국군대, 팔로군(1937~1945년 일본과 싸운 중국공산당의 주
력부대, 1947년 '인민해방군'으로 이름이 바뀐다)이었다.

尹錦先

1930 - 태어남
1943 - 가난 때문에 만주행
1947 - 중국 팔로군 입대. 중국 내전 참가
1950 - 한국전쟁 투입
1954 - 군 제대 후 기공술 연마. 중국 창춘에서 의사로 20년 넘게 근무
2002 - 한국으로 돌아와 현재는 삼선동에서 사람들에게 기공을 가르치고 있다.

일본이 전쟁에 지고 조국은 해방됐다는 소문이 돌았다. 그러나 돌아갈 길은 없었다. 2차 세계대전은 끝났어도 중국은 여전히 전쟁 중이었다. 장제스蔣介石의 국민군과 마오쩌둥의 인민해방군, 양쪽이 치열하게 대치하는 선봉에 소녀가 배치됐다. 간호병이었다. '호리반護理班'이라고 불렀다. 열두 명이 한 반이고 세 반이 한 패인 조직에서 반장과 패장 노릇을 했다.

"반, 패, 련, 영, 단이 있고 그 위에 있는 게 사단이었어요. 반이 셋이면 패, 패가 셋이면 련, 련이 셋이면 영, 이런 식이었지. 난 선봉반 반장이고 강철패 패장이었어요."

7년을 전쟁 속에서 살았다. 죽을 고비를 숱하게 넘겼다. 꽃다운 나이에 죽음을 신물나게 경험했다. 남의 나라 전쟁이었다. 남의 땅이었다. 7년의 군 생활은 딴 사람의 일생보다 길었다. 삶을 보는 눈 자체가 달라졌다.

이제 여든이 가까운 그 소녀 윤금선은 이야기를 들으려고 바짝 다가앉는 날 보며 어이없어 했다. 그러나 나 또한 만만찮은 사람, 그의 깊고 형형한 눈으로 응시하며 몇날 며칠 마주앉아 숱한 이야기를 끄집어냈다. 전에 한 번도 말한 적 없다던 이야기, 차마 발설해서는 안 될 듯한 이야기, 지금 중국에 살고 있는 세 아들의 신상이 염려되는 이야기들이 윤금선의 입에서 술술술 흘러나왔다.

그를 수십 번 만났다. 서울 방학동 네거리에 있던 그의 기공

수련원은 신설동을 거쳐 지금은 삼선동 한성대 입구로 옮겼는데 그 옮겨가는 곳마다 열심히 좇아다녔다. 그에 따르면 기공은 병 없이 오래 살다 세상 전체에 감사하며 미소 띤 채 죽을 수 있는 심신수련 기술이라고 한다.

"피부 빛깔이 어떻든, 어떤 시대에 살든 동서고금 모든 사람에게는 한 가지 공통점이 있어요. 건강하고 행복하게 오래 살고 싶다는 소망이지요. 그 방법을 내 나라 사람들에게 선사하고 싶어요. 나는 내 눈물로 조그만 강도 만들 수 있고 조그만 산도 만들 수 있을 정도로 숱한 고통을 겪으며 살아나온 사람이에요. 할머니들을 모아놓고 말해요. '노인의 눈물을 닦아주는 세상이 좋은 세상이다. 이제까지는 고통을 겪으며 살아왔더라도 우리 지금부터는 재미있고 보람있게 삽시다. 내가 그 기술을 가르쳐드릴게요'라고."

인생에는 조양朝陽, 오양午陽, 석양夕陽이 있는데 자신의 석양은 조국 동포들에게 기공술을 가르치면서 의미와 기쁨을 찾고 싶다는 게 현재 윤금선 선생의 일이고 꿈이다.

대열에서 떨어지면 죽음

군에 입대한 건 1947년 봄이었다. 만주 길림성 영길永吉현에서였다. 큰아버지가 이웃 마을의 나이 많은 남자에게 자신을 시집 보내려 한다는 말을 올케에게 들었다. 마침 팔로군 선전대가 마을에 들어왔다. 가면 밥도 먹여주고 가난한 인민을 해방시키는 장한 일을 하게 된다고 했다. 1930년생이니 그의 나이 열여덟이었다. 올케한테만 몰래 말하고 40리를 걸어서 갔다. 그 부대 이름은 옌지 쌍하진 부대라 했다.

"폭탄 소리, 탄알 소리를 겁 안 내고 잘 걸을 수 있니?"라고 물었다. 그러겠다고 대답했다. "피 흘리는 걸 봐도 겁내지 않을 수 있니?"라고 물었다. 그러겠다고 했다.

"머리를 요렇게 길게 땋았는데 가자 마자 다 깎아버리데. 그리고 허술한 군복을 줘. 남자처럼 헝겊으로 갑빵(그는 '각반'을 이렇게 발음했다)을 차고……. 이튿날부터 바로 전쟁판이었어. 교육받을 새도 없이 부상병들이 몰려들기 시작하는데 말도 못하지. 피 닦아주고 붕대 감아주는 일만 해도 잠은커녕 변소 갈 틈도 없었어."

영화나 소설 속 같은 상황이 실제로 벌어졌다. 국민당군과 직접 교전하는 부대였다. 마오쩌둥의 인민해방군이 이기는 중이었다. 전선이 바뀔 때마다 야전병원도 같이 이동해야 했다. 무조건 걸어야 했다. 24시간 안에 180리를 긴급 행군하는 날도 있었다. 산도 넘고 사막도 지나고 강물도 건넜다. 산으로 이동할 때는 기압이 낮아 코피 터지는 소리가 탁탁 하고 들렸다. 강을 건널 때는 목까지 물이 차올라 팔을 위로 쳐들어 짐을 적시지 않아야 했다.

"사람마다 2미터 정도 거리를 두고 설봉산을 올라가는데 깎아지른 벼랑에 길은 외줄기지, 누구도 미끄러지면 안 돼. 미끄러져도 구하러 내려갈 수가 없어. 그 긴장된 길에서 날은 맑은데 코피 터지는 소리만 탁탁 하고 들리지. 열두어 살 난 아이서부터 스물댓 되는 청년까지 수백 명이 쥐죽은 듯 고요하지. 어휴 말도 말아요. 대열에서 이탈하면 그대로 죽음이었어. 내몽고는 사막이라 디디면 발이 푹푹 빠지는 모래밭인데 몇날 며칠을 그 모래밭을 걸어가는 거야."

그러면서도 그 마오쩌둥 부대는 '우리는 인민의 자제병이다'라는 의식에 철저했다. 믿을 수 없는 얘기지만 죽어가면서도 조국과 인민의 해방을 위해서 죽는다고 만족해했다.

"물 한 잔으로 한 반 열두 명이 마셔도 맨 끝에 가면 그게 남아 있어요. 마지막까지 서로 양보하느라고 입술만 적시니까 축이 날 리가 없어. 밥이든 물이든 간부들이 먼저 먹는 법이 절대 없었어. 언제나 전사가 우선이었어."

그 마오쩌둥 부대는 동지의식이 그토록 투철했지만 말할 수 없이 가난했다. 밥은 세 끼를 줬지만 수수밥 아니면 옥수수밥이었다. 반찬은 소금에 절인 무 한 쪽이 전부였고 물이 없어 말 오줌을 마시는 건 늘상 있는 일이었다. 그냥 행군만도 아니었다. 전사들은 각자 짐을 져야 했다. 다른 운송수단이 있을 리 없었

매일 인시에 빠지지 않고
기공 수련을 하는 윤금선 선생.

으니까.

"길쭉한 자루를 기워서 제 먹을 식량을 넣어 각자 어깨에 메요. 이런 말은 한 번도 한 적 없지만 인민군들은 각량이라고 해서 동전을 또 길쭉한 자루에 넣어 메고 다녔어요. 전사들은 아니고 간부들만 그 돈을 70개씩 자루를 넣어서 멨어. 그건 국민당이 다스리던 마을에 들어가면 그들에게 물건 값을 치르기 위한 돈이었어요. 우리는 물 한 모금도 인민의 것을 공짜로 취하는 법이 없었거든. 이불을 또 한 꾸러미 메고 약통도 메고 간부일수록 짐이 무거웠다구요."

인민부대 안에서 구타나 징벌 같은 건 상상할 수도 없었다. 전사들을 진정 금쪽같이 위해줬다.

"간부는 사병의 머슴이란 생각이 투철해요. 한국전쟁 때 우리나라 군인들이 아랫사람을 구타한다는 소리를 나중에 듣고 깜짝 놀랐어. 아니 파시스트 군대처럼 왜 사람을 패요? 인민군대는 사병을 팼다가는 군사재판 감이지. 조국을 위해 청춘과 생명을 바치러 나온 사람을 패기는 왜 패요?"

여름옷 두 벌 겨울옷 한 벌 지급되는 군복과 담요 하나가 보급품의 전부였다. 여자들은 생리대가 없어 어쩔 수 없이 여름옷 한 벌을 뜯어 생리대로 써야 했다. 그러나 인민의 물건은 바늘한 개도 탐해서는 안 되었다. 이동하다 빈집에 자물쇠가 채워져 있고 그 방안에 두터운 솜이불이 켜켜이 쌓였어도, 그 앞에서 떨며 밤을 지새울지언정 빈집에 맘대로 들어가지 못하는 게 규율이었다.

"어느 집에서 물 한 모금을 얻어먹으려면 반드시 그 집 물독에 물을 가득 채워줘야 했어. 마당도 쓸어주고 집도 깨끗이 청소해주고 나오라고 했어. 한번은 내가 어떤 마을에서 물을 긷다 두레박 끈이 뚝 끊어져 쇠로 된 바가지를 우물에 빠뜨렸어. 그럴 때 아무리 부대 이동이 급해도 바가지를 건져놓지 않고는 마을을 떠날 수가 없거든. 선발대는 이미 출발했는데 두레박을 빠뜨렸으니. 간신히 두레박을 건져놓고 먼저 출발한 부대를 허겁지겁 따라가느라고 얼마나 애를 태웠던지……."

죽음의 강, 황하

마침내 남쪽으로 내려가 황하를 건넜다. 물이 목까지 찬 바다 같은 강이었다. 부대원이 다같이 손을 잡고 한발 한발 거대한 강을 건넜다. 황하를 건너는 중 숱한 사람이 죽었다. 물론 밤중에 건넜지만 국민당 군대는 조명탄을 터뜨리며 물 위로 폭격을 계속했다. 죽을 사람은 죽어가도 남은 사람은 이를 악물고 가던 길을 계속 가는 것, 그게 인민해방군의 진격 방식이었다. 화력에서는 뒤졌지만 지역 사람들은 대개가 인민군 편이었다. 국민당군 몰래 배를 저어와 열두 명인 반원 전체를 도강시켜주기도 했다. 그런 배가 뒤집혀져 전부 몰살한 반도 많았다. 윤금선 반장이 이끄는 반원은 한 사람도 죽지 않고 무사히 강을 건널 수 있었다(후에 그는 아래 전사를 잘 보살핀 공로로 훈장을 받는다).

"인민군대엔 열서너 살짜리 어린애들도 많았어. 그 애들은 눈만 감으면 사는 줄 알고 물 속에서 '마야 마야(엄마)' 하면서 눈을 꼭 감았어."

그렇게 늘 죽음이 목전에 있고 헐벗었어도, 아니 바로 그랬기에 부대원끼리 나누는 정은 하늘 아래 그만큼 뜨거운 게 없을 정도로 절절했다.

"밥을 서로 먹으려고 하는 게 아니에요. 나이든 반장들은 제 밥을 한 숟갈이라도 덜어내서 어린 병사에게 나눠주죠. 행군을 하고 나면 발바닥에 콩알 같은 물집이 잡혀요. 이걸 그냥 두면 탈이 나거든요. 소독한 바늘에 머리카락을 꿰서 물집에다 살살 통과시켜요. 머리카락만 남기고 바늘을 빼버리면 그 머리카락을 타고 밤새 진물이 빠져나오거든요. 어린 전사들은 발바닥에 다들 스무 개 남짓의 머리카락을 늘이고 잠이 들지요. 날 좋으면 그걸 햇볕에 꾸덕꾸덕하게 말리고. 그런 걸 서로 해주면서 걷는 거지요. 반장이나 패장들은 반원들 발목 주물러주느라고 밤에 거의 잠도 안 자요."

눈 뜨면 죽어가는 부상병들

큰 부상을 당하면 부상 자체보다 후방으로 후송되어 부대원들과 떨어지게 되는 걸 더 두려워했다. 그만큼 부대원끼리 감정적으로 밀착해 있었다. 어려운 전투를 마치고 나면 서로 어깨를 붙잡고 울었다.

"꼭 월드컵 때 축구공 하나 넣으면 서로 붙잡고 우는 것 같았어요."

인민해방군은 연이어 승리했다. 사기가 하늘을 찔렀다. 그런만큼 부상자도 많았다. 일선의 야전 이동병원은 늘 붐비고 바빴다.

"야전병원이야 다 외과 환자지. 의사, 간호사 구별도 없어. 그저 지혈하고 소독하고 피 모자라면 수혈하고 15분 간격으로 붕대 갈아 메주고 부상이 심한 환자는 후방 병원으로 이송하는 거거든."

잠이 하도 모자라 의사와 간호사가 핀셋으로 붕대를 집어주다 꾸벅꾸벅 조느라고 허공에서 핀셋이 부딪히면 깜짝 놀라 깨어났다. 환자가 소리를 꽥 질러서 깨어나기도 하고 제 서슬에 놀라 눈을 뜨면 눈 앞에서 환자가 과다출혈로 죽어가고 있었다.

"제일 모자라는 게 피였어. 전쟁 중에 피를 어디 가서 구해? 구한들 무슨 수로 보관을 해? 의사와 간호사가 날마다 각자 제

피를 100밀리그램씩 주사기로 빼냈어요. 모자와 군복에 다들
제 혈액형을 써붙이고 다녔거든. 그 당시 수혈은 다 호리반 전
사들 피를 즉석에서 빼서 모자라는 동지들에게 넣어주는 식이
었지. 팔다리가 끊어진 상병자도 많아. 그러면 일일이 밥도 떠
먹여야 해. 대변 보면 닦아줘야 하고. 아휴, 그걸 어찌 말로 다
해. 그래놓고는 금방 다시 행군을 시작하는 거지."

한번은 그가 쓰러진 부상병을 등에 업고 달렸다. 그 와중에
그 부상자의 몸으로 또 한번 탄알이 관통하는 게 느껴졌다. 더
욱 죽을 힘으로 달렸다. 막사 안에 내려놓으니 부상병은 이미
죽어 있었다. 온몸이 피투성이가 되어 그게 누구의 피인지도 알
길 없었다. 나중 생각하니 그에게 업힌 부상자가 아니었으면 그
탄알은 자기 몸을 뚫고 지나갔겠구나 싶었다. 그런 죽음의 고비
를 밥 먹듯 넘기면서 중국땅 전역을 행군해간 윤금선은 자신의
몸과 마음이 모질고도 어질게, 강인하지만 부드럽게 단련되는
것을 느꼈다.

전쟁 중에 울리는 애절한 오르간 소리

"장제스 부대는 기계화 부대였어요. 미국이 무기를 대줬거든.
하지만 우리에게는 '보총'이라는 길다란 구식 총밖에 없었어요.

팔로군은 그런 무기로 결국 장제스 부대를 물리쳐서 본토에서 내쫓아버렸지. 그게 1949년 10월 1일이었어. 마침내 전쟁이 끝난 거지요. 그리고 이듬해 한국에서 전쟁이 났지요? 내가 어디로 갔냐고? 그건 차마 발설할 수 없어요. 아직 아이가 넷(3남 1녀)이나 중국에 살고 있으니 그들에게 해가 가면 어떻게 해. 그저 말로는 다 못할 고초를 겪었다고만 해둡시다. 그 후 한국전쟁이 끝난 후인 1954년에 중국에 돌아와서 제대를 했어요. 그러니 군 생활 내내 최전선에만 있었던 셈이지."

발설할 수 없다지만 그가 어디로 간 건지는 충분히 짐작할 만하다. 나중에 윤 선생을 여러 번 만나면서 나는 당시 얘기를 비교적 자세히 들었다. 그가 못내 잊지 못하는 애틋한 장면 하나도 그쯤에서 딸려 나온다.

"우리 해방군이 광서성 남영이란 도시에서 숙영을 할 때예요. 전사 하나에 담요 하나씩 주는데 한 면은 흰색이고 한 면은 녹색이야. 흰 면은 눈 올 때 사용하는 거고 녹색 쪽은 풀 돋으면 위장하기 쉽도록 여름에 쓰는 거지. 겨울이라 흰쪽을 쓰고 있는데 의사 하나가 날 다리 아래로 불러. 가봤더니 네 이불에 빨간 게 묻었다 하면서 미농지(닥나무 껍질로 만든 질기고 얇은 종이)를 한 묶음 줘. 이걸로 빨리 받치라고 하면서. 생리혈을 흘린 거지. 무안하고 부끄러워 내 얼굴이 귀밑까지 빨개졌어."

그들은 광서성 어느 중학교 교실에 주둔하고 있었다. 교실에 자그만 오르간이 있었다. 그 의사는 그날 밤 오르간 앞에 앉아서 당시 한창 유행하던 백모녀白母女라는 슬픈 노래를 치면서 소녀 윤금선에게 말했다.

"너네 패는 내일 동북으로 갈 거다. 위험한 군사훈련에 참가하게 될 거다. 가서 부디 훈련 잘하고 부디 건강해라. 그리고 언젠가는 꼭 돌아오너라."

그게 전부였다. 무슨 언약도 정다운 몸짓도 있을 리 없는 상황이었다. 윤금선의 뇌리엔 희한하게도 그 오르간의 슬픈 곡조가 평생 따라다녔다.

"살아 있으면 꼭 한번 만나봤으면……."

"그 의사 이름 기억하세요?"

"그럼요, 기억하고 말고. 그 사람 이름은 나천룡이었어. 살아 있는지 한번 알아나 봤으면……."

미농지 한 묶음을 받고 슬픈 노래를 연주해주고 부디 무사할 것을 빌어준 사람, 단지 그것뿐이었던 이의 이름을 평생 기억해온 심정을 무어라고 이름 붙일까. 차마 첫사랑이라곤 부를 수 없다. 그러기엔 함께 나눈 사연이 워낙 부실하니까. 그러나 아니라고 말할 수도 없다. 여든이 다 된 지금도 윤금선의 귀엔 그 곡조가 선명하게 들릴 뿐더러 그 사람 이름을 발음할 때 눈빛이 아련해지고 꼭 한번만 그 사람을 만나고 싶다지 않던가. 하긴 부실하다고 판단하는 것은 나의 편견인지도 모른다. 외간남자에게 생리혈을 들킨 처녀의 부끄러움과 상대의 너그러운 태도, 살벌한 전쟁 중에 울리는 애절한 오르간 소리, 따스하게 연민하는 안타까운 시선, 그것만으로 연애가 시작되는 필요조건은 이미 충분하다. 더구나 윤금선은 당간부였던 그가 이미 알고 있던 대로 이튿날 동북으로 떠난다. 1950년 10월 25일이었다. 뚜껑 없는 화물차를 타고 의주로 가서 압록강을 건널 때는 떼배로 건넜다. 그건 결코 훈련이 아니었다.

"항미원조라고 했어요. 마오쩌둥은 뛰어난 연설가거든요. 북조선과 중국은 입술과 이빨 같은 관계라고, 가서 미국의 침략을 막아야 한다고 했어요."

중공군의 인해전술과 1·4후퇴, 유엔군 참전과 9·28서울수복, 우리가 역사로만 알고 있던 그런 치명적인 사건들을 윤금선은 현장에서 맨몸으로 겪는다.

이유도 모른 채 서로에게 총을 겨누다

그 얘기를 하면서 그는 여러 번 치를 떨었다. 나로서는 난생처음 듣는 내용이기도 했고 난생처음 생각해본 관점이기도 했다.

"우린 이듬해 8월 말부터 후퇴를 시작했어요. 9월 16일 평양은 완전히 피바다가 됐지요. 적십자 표시를 단 곳은 폭격하지 말아야 한다는 국제협약이 있었지만 그런 건 전혀 지켜지지 않았어요. 사람은 물론 돼지새끼라도 움직이는 것은 뭐든지 다 죽였어요. 거리에 사람 머리가 두글두글 굴러다녔고 피가 도랑이 되어 흘러넘쳤어요. 소학교 전체에 학생이 하나도 없었어요. 온 마을에 젊은이가 없어 혼인도 못 했어요. 아이들과 젊은이는 몰살당하고 노인들만 남은 마을이 숱했어요. 그랬으니 북한이 미국에 대해 좋은 인상을 가질 리가 있겠어요. 미국이라면 저절로 원쑤라는 말이 나올 수밖에 없도록 했다니까요."

그 전쟁에서 누가 내 편이고 누가 적이었을까. 양쪽 다 이유도 모른 채 서로에게 총을 겨눴다. 그 총에 피를 쏟으며 곁의 전우가 쓰러지면 그때부터 상대방에 대한 적의가 무섭게 솟구쳤다. 그리고 그 피바다 속에서 윤금선은 믿을 수 없이 살아남았다.

"탄알이 나를 비켜갔어요. 내가 무슨 수로 탄알을 피했겠어요."

휴전이 되고 웅기에 사는 김씨 성 가진 사람을 집까지 데려다주고 중국으로 돌아간다.

"바다 곁에 있는 마을이데요. 3대독자라고 하데요. 죽은 줄 알았는데 살아 돌아왔다고 동네사람들이 다 나와서 환호를 하데요. 다시 압록강을 건너 두만강 도문에 오니 잎사귀가 한창 나올 때예요. 중국 땅의 나무는 이파리 하나도 화평의 감각으로 흔들리는구나 싶었어요. 북조선은 나뭇잎 하나 풀 한 포기도 죽은 듯 굳어 있었거든요⋯⋯."

내가 우황청심환 팔러 왔나

그 소녀 윤금선은 2000년 서울로 돌아왔다. 어머니가 아흔 둘의 나이로 중국 창춘長春에서 돌아가시며 유언을 했다.

"내가 비록 몸은 여기서 죽지만 죽은 몸일랑 되놈들 사이에 묻지 마라. 가루 내어 송화강에 뿌려라. 뼛가루라도 내 고향 합천으로 흘러가보고 싶다……."

어머니가 그토록 그리던 고향이란 도대체 뭘까. 돌아가보고 싶었다. 실은 1992년에 서울에 온 적이 있었다. 그 사연을 말하면서 윤금선은 갑자기 눈물을 보였다. 옆에서 사람이 죽어가는 치열한 전투 얘기 때는 담담하기만 하던 그였다.

"당시에는 한국에 나오기가 쉽지 않았어요. 친척의 초청이 있어야 했고 준비하는 데만 1년 넘게 내부 조사를 받아야 했거든요. 그런데 비자 시효가 석 달밖에 안 돼요. 청주 사는 친척이 초청해 나오긴 했는데 법무부에서 석 달 만에 떠나래요. 떠나려니 내 마음이 대단히 섭섭하더라고요. 법무부 출입국관리사무소에 가서 항의했지요. 60년 만에 고향을 찾아온 사람을 이렇게 개 쫓듯이 내쫓는 법이 어디 있느냐, 내가 중국에 밥이 없어 온 것도 아니고 옷이 없어 온 것도 아니다. 내가 무슨 우황청심환이나 팔려고 온 사람인 줄 아느냐. 고향의 기운을 느끼고 고향 사람과 이야기를 나누고 싶어 왔는데 어찌 이리 천대하느냐고."

그때 청와대 비서실에 근무하던 김선호라는 사람과 연락이 닿았다. 김씨는 소설 《단》의 주인공인 권태우 옹의 수제자로 기공 수련의 고단자였다. 이미 중국에서 그를 한 번 만난 적도 있었다.

김씨는 출국을 연기해준 건 물론, 청와대에 데리고 가 국무위원들의 병을 보게 했다. 윤금선은 평생을 의사로 살아온 사람이었다. 군 제대 후 창춘 관성병원의 중서의中西醫결합의사로 20년 넘게 근무했다. 문화혁명 때 이남이 고향이라는 이유로 10여 년간 의사직을 박탈당하기도 했지만 결국 복권되어 창춘 병원에서 정년퇴임할 때까지 숱한 환자를 치료했다. 서양의학과 한의학을 함께 공부했고, 게다가 의사 재직 중 세계 최고의 대기공사 엄신 선생 문하에서 기공술을 배웠다. 동서양 의학의 결합에 기공이란 미세한 에너지 의학까지 통달한 기술이니, 김선호씨가 그의 기술을 아까워하고 자랑스러워 하는 것도 무리는 아니었다.

그해 청와대에 들어가 문화부 장관과 외무부 장관의 병을 봤던 기억이 있다. 그 가족들의 병도 봤다. 처방도 떼고 음식과 운동법을 가르쳐줬다. 당뇨병이 중해 눈에 합병증이 온 장관에게는 국화꽃을 가만히 오래 들여다보라는 묘방도 내려줬다.

"가을에 피는 국화꽃이 우주 정기를 가장 많이 함유한 꽃이거든요. 내가 특이공능(군이 말하자면 초능력에 속하는 어떤 힘이다)

이 있거든요. 병을 봐줬더니 그 사람들이 신기해하면서 할머니 이걸로 음료수나 사 드세요 하면서 주머니에서 종이를 몇 장 꺼내줘. 지금 생각하면 그게 수표였다고. 내가 여기 돈을 아나, 그걸 선호가 모아놨다가 나중에 중국으로 별걸 다 부쳐주데요. 당시만 해도 창춘에는 냉장고니 텔레비전이니 하는 게 없었어. 그런 낯선 물건에다 전자레인지까지 사서 보내주더라니깐요.”

김선호란 이는 기공수련이 상당한 경지에 이른 사람이었던 모양이다. 민족정기가 뭉쳐 있다고 기록에 나오는 ‘소백두산’의 정체를 찾느라고 여러 번 중국에 다녀가기도 했다.

“선호와 함께 역사자료를 뒤져 길림성吉林省에 있는 소백두산이라는 곳을 찾아냈어요. 한국서 온 팀들과 거기서 밤새도록 수련을 했지요. 선호는 늘 말했어요. ‘선생님, 이 좋은 기술을 한국에 와서 쓰십시오, 우리나라에 기공을 보급해주세요, 우리나라 사람들에게 특이공능을 보여주세요. 언제까지 남의 나라에서 허송하고 계실 겁니까’ …….”

삼풍백화점 붕괴로 좌절된 한국행

중국 가지 말고 홍콩에 잠깐 나갔다 다시 들어오는 수속을 해주겠다고 말했지만 때가 마침 대통령 선거철(노태우 대통령에서 김

영삼 대통령으로)이라 선호가 하도 바빠 보여 일단 중국으로 돌아
갔다. 얼마 후 김선호에게서 서류가 도착했다. 한국 입국서류
절차를 다 밟아 보낸 것은 물론 "선생님, 예쁜 옷 사 입고 좋은
신발도 사 신고 오세요" 하면서 돈도 상당액 넣어 보냈다.

"우리 큰아들에게 병이 있었어요. 머리에 종양이 생겨 수술
을 했는데 수술 중에 운동신경을 건드려버렸거든요. 재수술하
고 그러느라고 빚을 졌는데 선호 덕분에 그 빚을 갚을 수 있었
지요. 얼마나 고마웠던지……."

실은 윤금선이 의사로서 새삼 기공수련에 몰두한 것도 그 아
들 때문이었다. 시키는 대로 좋은 옷과 신을 샀다. 며칠 후면 한
국으로 출발한다고 만반의 준비를 갖춰놓은 상태였다. 그런데
서울에서 전화가 왔다. 불길했다. 받아보니 선호 아내였다.

"선생님, 백화점이 무너졌어요. 아범이 기표 손을 잡고 백화
점에 간다고 나갔는데……. 선생님, 제발 우리 기표와 아범을
살려주세요."

삼풍백화점 붕괴였다. 따라서 그의 한국행도 붕괴됐다.

"더 가까운 사람이 죽은 경험도 많았지만 선호 때처럼 슬프
지는 않았어요. 정신이 확 나가서 밤새도록 기도해도 아무것도
떠오르질 않았어요. 다음날 자시쯤에야 선호와 애가 건물 더미
에 깔려있는 게 어렴풋이 보였어요. 이미 희망이 없데요…….
구하산에 가서 법사 여섯 명을 청해서 선호의 49재를 지내줬지

요. 그러고는 한국 올 생각을 접었어요."

6년 후 한국정신과학연구소에서 외국인 연구원 자격으로 그를 초청했다. 늘 선호의 마지막 말이 귀에 쟁쟁했다. 외국이 아니라 한국에서 기술을 전해달라는 말. 앞에도 언급했지만 그는 중국 정부가 인증하는 고급기공사, 특이공능 기공사의 자격을 갖춘 사람이다. 마침 출판사 '정신세계원'과 인연이 닿았다. 그곳에서 '양생 기공사반'을 만들어줘 사람들에게 기공을 가르쳤다. 나이를 초월한 젊음과 비상한 정신력의 원천이 기공에 있다는 것을, 엄신 선생에게 배운 이론과 실기를 가르쳤다.

다섯 해 만에 4백여 명의 제자가 생겼다. 제자들은 스승의 귀화를 간절히 원했다. 죽은 선호와 똑같이 소중한 기술을 조국에 풀어놔야 한다고 설득했다. 그는 2004년, 고국을 떠난 지 60여 년 만에 대한민국 국적을 되찾았다. 귀화해 법적 한국인이 됐다. 귀화하면서 방학동 네거리에 '난강暖江(윤금선의 호) 기공양생 수련센터' 문을 열었고 지금은 삼선동으로 위치를 옮겼다.

손가락 하나만으로 물구나무서기

그는 매일 새벽 세 시에 일어난다. 그 시간에 수련한 지 수십 년이다. 음식은 하루 한 끼만 먹는다. 복기復氣할 수 있는 힘이 있으면 실은 인간은 음식을 먹지 않고 우주의 기를 흡입하는 것만으로도 충분히 살 수 있다는 주장이다(음식에서만 에너지를 섭취할 수 있다는 것은 서양 영양학의 착각이고 오히려 음식량을 줄이는 것이 매우 바람직한 일이란다).

고기는 물론 입에 대지 않고 멸치조차 먹지 않은 지 오래다. 중국에선 오신채도 취하지 않았지만 한국에서 워낙 마늘 들어간 음식이 많아 손님이 오시면 유난 떨지 않고 그냥 먹는 편이다. 단 하루 한 끼 이상은 먹지 않는다. 그 한 끼도 고구마나 누룽지 같은 걸로 가볍게 거쳐 간다. 허기 지면 잣 몇 알 넣고 바나나를 갈아서 조금 마실 뿐이다. 그래도 그는 기운이 넘친다. 인간이 음식을 먹는 것은 우주 에너지를 섭취하기 위함인데 음식을 통한 간접적인 방법 대신 호흡을 통해 직접 흡수할 수도 있다는 것이다. 손가락 하나만으로 물구나무서기를 십 분씩 하고 양다리를 가뿐히 180도로 펼쳐놓는다. 비호같이 산꼭대기에 오르고 여섯 시간을 쉬지 않고 강의해도 지치는 걸 모른다. 피부와 머리칼은 거의 청년 같다. 윤기 흐르고 탄력 있다.

"목욕탕에 가면 다들 머리칼도 만져보고 몸매도 만져봐요. 뭘 먹기에 이러냐고 물어요."

새벽 세 시에 일어나는 건 인시寅時(3~5시)가 우주의 황금시간이기 때문이다. 하루 중 그 시간대가 양중의 양으로 무얼 하든 최고로 집중력이 높아지는데 우리나라 사람들은 그걸 모르고 아까운 시간을 대개 잠으로 허비해버린다. 그게 그는 몹시도 안타깝다.

"인시는 단전 기가 가장 활력 있을 때예요. 오늘은 어제도 아니고 내일도 아닌데 그 시간에 잠을 자다니. 생활시계가 잘못 돌아가고 있는 거예요. 한국은 개인사업이 대단하니까 밤에 늦게 자느라고 세 시에 못 일어나지요. 그러나 중국인들 중엔 인시에 일어나 도 닦는 사람이 굉장히 많아요."

그는 고기를 많이 먹는 민족, 노인을 공경하지 않는 민족은 공업共業이 많이 쌓인다는 말도 했다. 내 생각에 그 말은 새로운 세기의 혼돈스러운 삶에 지표가 되는 이데올로기가 될 듯했다. 따로 자연보호니 환경인식이니가 필요 없는 선언이었다.

"사람은 채식하고 소식해야 해요. 고기의 사료를 대느라고 지구에서 기른 채소의 절반 이상이 든다고 하잖아요. 채식을 하면 양식이 적게 들어요. 많은 사람이 나눠먹을 수가 있어 좋고 개인이 병 없이 살 수 있어서 좋고 일부러 비육동물을 기르지 않으면 생태 평형이 이뤄져서 좋지요. 소식하고 채식하면 탐심이 없어져요. 탐심이 없어지면 만족감도 절로 따라오지요. 고기에는 죽으면서 품은 그 짐승의 한이 배어 있어요. 그게 우리 몸에 자꾸 쌓여서 좋을 일이 있겠어요?"

우주만물과의 대화

"노인들이 한을 품고 죽게 해선 안 돼요. 돌아갈 때 웃으며 화평하게 가는 노인이 많은 나라가 잘되는 나라예요. 불행하게 세상을 뜬 노인이 많으면 나라에 재난이 그치지 않게 돼 있어요. 생명을 귀중하게 여기고 힘 없고 무력한 사람들을 도와주는 나라가 복 받고 잘살 거예요. 그게 안 되면 이 나라가 아무리 전자제품을 잘 만들고 많이 팔아도 아무 소용없는 일이에요. 원한을 품고 저 세상으로 가는 사람이 많으면 그 원한은 이 땅에 남게 돼요. 그 신호(시그널)가 나라 안에 공업(공동의 업보)이 돼서 남아 있으면 후손이 잘될 수가 없어요. 자연에 자꾸 따스한 사랑을 줘야 해요. 그 따스한 사랑이 결국 세상을 화평하게 만들거든요."

이 말을 그는 아주 조용하게 했다. 기공을 모른다고 그의 이야기를 백일몽으로 취급해버릴 건가. 그는 세상 모든 생물이 대화 상대가 될 수 있다고도 말한다. 그러니 암만 혼자 있어도 외롭지 않다. 아니 생물이 아니라도 상관없다. 아침마다 높이 쳐놓고 뛰어넘는 고무줄에게도 얘기하고 빈 방과도 얘기를 나누고 빗소리에게도 말을 건다. 중국을 떠날 때 수련하던 곳에 서 있던 소나무에게도 작별인사를 하고 왔다.

"안녕, 이번에 가면 몇 년 있다 오게 될 거야. 그동안 잘 지내렴."

분별심이 없기에 우주만물과 의념, 의식으로 얼마든지 대화할 수 있다.

"주변에 있는 사물을 천대해 보세요. 불만을 가지는 감각이 반드시 있거든요. 반대로 아껴주고 사랑해주면 주변이 반드시 환한 감각으로 보답을 해오거든요. 노인들을 만나면 늘 그렇게 권해요. 대화 상대가 없어 외롭다고 자식들 원망하지 말고 꽃이라도 심어놓고 말을 걸어보라고. 그러면 집안에 화기가 절로 생겨난다고."

짐작했겠지만 그가 연마한 엄신기공의 근본은 신체 수련이 아니라 덕성 수련이다. '덕성은 기공 세계의 문을 열어주는 황금열쇠'라는 것이 윤금선이 가장 강조하는 말이다.

"기공 수련자가 덕을 쌓지 않으면 모래를 삶아서 밥이 되라는 것과 같아요. 심성 수련을 경시하고 공법에만 뜻을 두면 아무리 오래 수련해도 기술이 늘지 않아요. 모든 사람이 내 가족이요, 모든 만물이 내 스승이다, 이것이 엄신 대사님이 요구하는 덕성입니다. 책갈피 하나도 나를 도와줬으니 감사하고 물컵 하나라도 나를 편하게 물 마시게 해줬으니 감사하다, 그래서 소중히 다루고 아껴준다, 그것이 덕성의 기본이 되는 겁니다. 기공은 신체 수련이 3, 마음 수련이 7이에요. 고수가 되면 마음이 9라고 하지요. 사람들은 어떻게 하면 특이공능을 개발하고 천목天目(하늘의 눈)을 열까를 먼저 생각해요. 그러나 천목은 누가 열어줘서 열리는 게 아니에요. 덕성이 높아져 내 몸의 진기가 날마다 쌓이는 어느 날 저절로 열리는 거지."

창춘 병원에 근무할 때 그에게는 지병이 있었다. 만성위염에 관절염에 목디스크에 중허증이라고 귀에서 소리가 나는 증세까지 있어 걸어다니는 종합병원이라 불렸다. 그러던 중 병원으로 날아온 기공수련 프로그램 안내서를 우연히 봤다. 1979년 처음 배운 건 학상장 기공이었다. 그걸 마스터한 후 엄신 대사를 찾아가서 다시 그에게 수련을 받았다.

기공에 관한 공식 명칭도 여럿 얻었다. 중국기공과학연구회 특별회원, 길림성 기공과학연구회 상무, 길림성 학상장 기공위원회 이사장 등. 기공을 배운 이후 약을 모르게 됐다. 지병이 싹 사라졌고 외려 몸이 젊어졌다.

"서울 와서 롯데월드인가 아이들 노는 기구 많은 곳에 갔는데 공중에 빙빙 도는 그네 같은 걸 타고 싶더라고요. 머리가 허연 노인이라고 표를 안 끊어주는 거예요. 그건 50세까지만 타는 게 규정이래요. 하도 재미가 있을 것 같아 이쪽에 와서 모자를 하나 샀지요. 흰 머리칼을 모자 안에 다 감췄더니 암말 않고 표를 끊어주데요. 옆사람은 왝왝 구역질을 하는데 나는 좀 더 탔으면 싶더라고요."

병원에서 신체나이를 측정해보니 45세 정도로 나오더란다. 젊은 시절 그토록 모진 고초를 겪었건만 그의 얼굴은 화평하고 웃음 가득하다. 인간이라면 모름지기 이 세상을 뜨는 그날, 미소를 띠며 단정히 앉아 '그동안 고마웠어요. 다들 안녕히 계세요'라고 하직인사를 하고 가야 한다는 게 그의 생사관이다. 세상이 고해라지만 인간으로 탄생한 그 자체가 엄청난 축복인데 감사하고 가는 게 온당하지 않겠냐는 거다.

갈 때는 최소한 울지 말아야

"내가 오랫동안 병자들하고 같이 지낸 사람 아닙니까. 곁에서 지켜보니 몸 아픈 게 가장 큰 고통입디다. 좀 모자라게 먹고 좀 춥게 입는 것은 아픈 것에 비하면 아무것도 아니에요. 나는 돈도 없고 지위도 없어요. 중국 가면 혁명유공자로 연금도 나오고 아무도 날 괄시하지 않지만 한국에선 중국 교포를 좀 우습게 아는 경향이 있지요. 미국이나 일본 교포하고는 대우가 다르더군요.

나는 일생 세 가지 커다란 설움을 당하며 사는 사람이에요. 어려서는 식민지 백성이라서 설움, 중국에서는 소수민족이라는 설움, 돌아와서는 교포라는 설움. 가장 행복하고 충만했을 때가 그런 설움 없는 전쟁 중의 군대 시절이었다면 믿을 수 있겠어요?

그러나 비록 가진 것 없이 나이 먹었어도 나는 70 평생 살면서 터득한 바른 길을 알고 있어요. 그걸 죽은 선호 말처럼 우리나라 사람들에게 알려주고 싶어요. 이 세상에 울고 태어났는데 그리고 살면서 울 일도 많았는데 갈 때는 최소한 울지 말자는 겁니다. 나이가 들면 자기 인생을 미소를 띠고 바라보면서 편안하게 죽을 준비를 해야지요. '나는 이렇게 사니까, 이렇게 먹으니까, 몸이 나날이 편하고 좋아지더라'는 것을 직접 보여주고 싶어요."

가난한 청년과의 결혼

친정의 두 오라비는 다 팔로군에 나가 죽었다. 살아 돌아온 건 딸인 윤금선뿐이었다. 아들 대신 친정 부모님을 모시고 살아야 했다. 당시는 가부장제가 철저해 딸이 부모를 모시는 게 쉬운 일이 아니었다. 친정 부모님을 모시는 데 반대하지 않을 조선 사람을 찾았다. 병원의 동료가 가난한 청년을 소개했다.

"집에 찾아왔어요. 나가 보니 한겨울인데 얇은 재킷에 발가락이 나온 양말을 신고 서 있어요. 그게 마음이 찡해서 결혼을 결심하고 말았죠. 나중 알고 보니 그 재킷조차 형에게 빌려 입고 온 거더라고요."

혼인을 하고 보니 양쪽 부모 형제 합해서 딸린 식구가 11명이나 됐다. 아이가 태어나자 식구 수는 더 늘어났다. 그는 창춘 병원의 중견이었지만 공산사회의 의사 급료는 낮았다. 그는 전쟁에서 대공을 세 개나 따낸 유공자로 국가로부터 연금을 받았다. 그렇지만 식구가 하도 많아 살림은 넉넉할 수가 없었다. 게다가 아들이 병이 났고 수술이 잘못됐고 그도 몸이 아팠다.

"내가 기공 공부를 시작한 건 양의만으로는 뭔가 부족한 걸 느꼈기 때문이에요. 양의는 단순히 주사 놓고 약 바르고 자르고 깁고 하는 것만 알잖아요. 한의를 배우면서 좀 더 미세한 것을 알게 됐어요. 한의 자체가 기공과 연관되어 있었기에 자연스레 기공으로 관심이 흘러갔죠.

내가 기공을 배운 과정은 여간 힘든 게 아니었어요. 경제적 여유도 없었고 시간을 쪼개기도 힘이 들었죠. 중국은 땅덩이가 하도 넓어 기공 공부하기 위해서 사흘 밤낮을 기차를 타고 가야 했거든요. 1주일 공부를 위해 1주일을 차로 달려가야 했으니……. 그러나 양의와 한의와 기공을 다 해보니 그 효과를 누구보다 잘 알겠어요. 그래서 나는 의사들이 이 공부를 했으면 좋겠다는 거예요. 양의로 안 되면 한의 기술을 쓰고 그게 안 되면 기공을 또 같이 쓰라는 겁니다. 종합치료를 하면 무슨 병이든 정말 빠르고 훌륭하게 치유되거든요."

인생, 감사해야 할 대사건

그에게 들은 이야기를 무슨 수로 다 옮기랴. 화가 나면 그릇에 물을 떠놓고 그저 바라보기만 해라. 물 기운이 마음의 화火 기운을 곧 다스려줄 것이다. 어린아이 같은 마음을 지녀라. 불편하거든 자기가 여섯 살인 아이(남자는 일곱 살)라고 생각해라! 그때의 몸과 마음의 생기와 약동을 떠올려봐라. 인생에 대해 미소를 지어라. 남에게 항상 좋은 파동을 전하라! 이런 충고들은 되씹을수록 주옥 같다. 굳이 고급기공사의 입에서 나온 말이 아니라도 우리 삶에서 유념할 만한 의미가 풍부하게 담겼다.

오래 한국을 떠나 살던 사람이 본 우리는 어떤가. 그의 대답은 이랬다.

"뭐랄까, 사람을 너무 '사용주의'로 대해요. 필요하면 당겼다가 필요 없으면 밀어 던져버린달까…… 중국 사람들이 텁텁하고 수더분하다면 여기 사람들은 너무 매끄러워요. 물론 민족마다 장단점이 있기는 하지만…… 그리고 여기 사람들은 깊이 사귈 수가 없어요. 깊은 속을 안 보이고 마음이 자주 변해요. 거리가 깨끗하고 중국에 비해 공기가 맑고 도둑도 없어 처음에는 여기가 바로 천당인가 싶었는데……"

그 지적은 우리를 되돌아보게 한다. 저건 우리가 일쑤 일본 사람들을 향해 내뱉던 지적과 닮았구나. 행복이란 게 뭔가. 건강과 죽음과 전쟁의 의미는 또 무엇인가. 숱한 생각을 다스리지 못한 채 윤금선 선생의 집 대문을 나선다.

우리가 전장으로 내보냈던 인민군 소녀는 죽지도 않았고 늙지도 않았다. 돌아와 외려 우리에게 마음의 평화를 얘기하며 따스하게 손을 내민다. 인간으로 태어나 하늘을 이고 땅을 밟으며 뭇생명과 더불어 우주에너지를 호흡할 수 있다는 것은 그의 말처럼 '감사해야 할 대사건'임에 틀림없다고 말하면서.

....

덧붙임: 이 글을 쓴 후 나는 윤 선생에게 엄신기공 초중급 과정을 배웠고 벽곡 수련도 몇 차례 경험했다. 그를 매주 3시간씩 18개월 이상 만나면서 가까이서 지켜봐왔다. 여든을 코앞에 둔 그는 하루 9시간을 강의해도 피로의 기색이 전혀 없다. 언제나 반분의 미소(웃는 것도 아니고 안 웃는 것도 아닌 상태)를 띠고 태산 같은 자세로 가부좌한 채 단전을 응시하는 윤 선생을 보고 있자면 사람이 그저 뼈와 피와 살로 뭉쳐져 우연히 이 지상에 던져진 물질은 아닐 거라는 확신이 절로 든다. 그는 불교도도 기독교인도 아니다. 그저 콩 심은 데 콩 나는 인과를 믿고, 동식물과 사물에 생명이 있다고 여기며, 사람과 자연이 둘이 아니라고 생각하는 어려서 돌아간 우리 할머니와 똑같은 사상을 지니셨다. 물질이 너무 풍요로워서 우리 정신은 되려 가난해버린 건지도 모른다. 사람끼리 애정을 나누고 자연에서 충족을 얻는 대신 경쟁과 소비 시스템에 행복을 맡겨버린 것, 그래서 제 몸안에 내재한 자연 치유력과 환희심을 잃어버린 것, 기공수련은 그것에 대한 반성에서부터

출발해야 한다는 것이 그동안의 내 느낌이었다. "우린 제발 전쟁하지 말아요. 남의 나라에 원한 살 짓하면 안 돼요. 인因에는 과果가 반드시 따르게 돼 있어요. 사람마다 마음 속에 덕성이 있어요. 서령 씨, 천금 같은 인생을 금옥같이 살아야 해요. 자기 속의 덕성을 개발하면 우주 안에서 동질의 파장을 모조리 끌어 모을 수 있고 그러면 아무것도 겁낼 게 없지요"(2007).

윤금선은 여전히 삼선교 동방대학원 대학교 근처에서 제자들에게 엄신 기공을 가르치고 있다. 얼마 전엔 어떤 보험회사 광고에서 손가락 두 개로 물구나무 서서 잔디밭을 도는 모습도 보여줬다. 여든 여덟이 지만 그는 결코 노인이 아니다. 살아있다는 '대사건'을 기뻐하며 지치지 않고 심신을 수련하는 중이다(2017). 🦌

박의순이 판만 벌리면 안기부에서 시청에서 경찰에서 협박을 해왔다.
모질게 죽은 사람 한을 풀어주겠다는데 웬 상관이냐며 치열하게 욕을 퍼붓기 시작했다.
부뚜막을 아틀리에 삼아 미치도록 그림을 그리던 박의순은
기어이 행위예술의 아지트, 바탕골을 만든다.
꽉 막힌 가슴을 시원하게 풀어낼 수 있는, 시대의 아픔을 넋두리
할 수 있는 열린 마당이다.

종횡무진 욕으로
안기부를 제압하다

문화관의 걸출한 욕쟁이 할머니 박의순

朴宜順

양평 바탕골예술관 박의순 대표는 한때 사람을 만나면 붙잡고 다짜고짜 물었다. "지옥이 있다고 생각해요?" 가톨릭 신부에게도 묻고 개신교 목사에게도 물었다. 유명한 시인에게도 묻고 이름난 학자에게도 묻고 나라 살림을 맡은 높으신 어르신에게도 물었다. 빠른 말씨로 거두절미하고 물었다.

"지옥이 정말 있어요?"

반응은 천태만상이었다. 신성모독이라는 듯 화를 내는 이도 있고, 빙그레 웃는 이도 종종 만났고, 말 없이 고개를 흔드는 사람도 없지 않았다. 구상 선생이 이 질문에 고개를 흔들었고 공부의 경계가 까마득히 높다고 소문난 정양모 신부도 고개를 흔들었다. 그러면 얼른 그 앞에다 종이 한 장을 내밀었다. "얼른 여기다 사인하세요." 그는 이런 파격적인 제안을 노상 즐기면서 살아왔다. 종교인이되 지옥이 따로 있다고 생각하지 않는 사람들을 군이 모아보고 싶은 것은, 쓸데없이 '목에 깁스한 사람들'을 눈뜨고 못 봐주는 박 대표의 기질이었다. 격정에 차서 위선과 상식을 통렬하게 비웃어주는 판을 기획했고, 온갖 시련을 견뎌내며 그런 마당을 쉬지 않고 펼쳤다.

"한때는 예수님 장가 보내자고 지랄하고 다녔어요. 아니 예수님도 불알 달고 나왔으면 장가를 가야 할 거 아니에요. 하하하."

그런 말을 하면서 깔깔 웃는 박의순 씨는 뻔뻔스럽거나 저돌적이거나 거칠기는커녕, 여리고 곱고 유순하기 짝이 없다. 얼굴빛과 골상과 이목구비를 흐르는 윤곽선에서 험한 말, 험한 꼴을

朴 _{박의순}
宜
順

1938 – 태어남
1986 – 동숭동 바탕골예술관 설립
1987 – 박종철 고문 치사, 이한열 열사 사망 계기로 9일장 퍼포먼스 기획
1988 – 매춘 공연 사건. 대본 사전심의제 폐지
1990 – 독일 유학
1999 – 양평 바탕골예술관 운영

당해본 적 없는 사람들에게 나타나는 일종의 귀티가 해맑갛게 흐른다. 눈이 맑다. 일흔에 가까운 할머니인데 얼굴에는 어린애 같은 호기심과 장난끼가 넘쳐난다.

종횡무진 욕으로 안기부 제압

그의 입에서 나오는 욕을 그대로 옮겨 담으면 대중매체에 올리기 어려울 만큼 강도가 높지만 실제의 울림은 전혀 다르다. 나오는 말이 파격적일수록, 주변을 둘러봐야 할 만큼 욕설의 단위가 커질수록 나는 유쾌, 상쾌, 통쾌한 웃음이 뱃속에서 저절로 솟아오르는 신기한 경험을 했다. 거짓말에 까만 거짓말, 하얀 거짓말이 있다더니 욕에도 그런 색깔이 있다면 박의순 대표의 욕은 단연 '하얀' 욕이다.

"내가 신부님을 만나면 막 떠들어요. 솔직하게 말해보자고요. 하느님이 잘 하라고 달아준 불알을 멍청하게 썩히는 예수라면 그거 고발해야 된다고요. 우리, 예수님 장가 보내드립시다. 이러고 나서면 신부님들이 못 말리겠다 싶은지 하하 웃어요."

거드름 부리거나 엄숙주의에 파묻혀 있거나 위선적인 기운이 느껴지면 그의 욕은 종횡무진, 천의무봉으로 퍼부어진다. 용솟음치는 그의 기운을 억누르는 세력이 행여 나타나면 그의 기

161

운은 화산처럼 폭발한다. 이런 그에게 사건이 넘쳐나지 않을 수가 없었다.

서울 동숭동 대학로의 바탕골소극장, 우리나라 소극장 문화의 출발점, 미술관과 극장과 커피숍과 아틀리에를 한 건물에 가지고 맹렬하게 문화 소용돌이를 일으키며 살아온 박의순 씨를 새로 옮긴 양평의 바탕골에서 만났다. 눈에 띄게 흰 피부에 윤곽선이 섬세한 얼굴, 나는 내심 그 소문난 욕이 언제쯤 시작되려나 흥미진진하게 기다렸다. 오래 걸리지 않았다. 얼굴에 웃음을 담고 지금은 남의 손에 넘어간 동숭동 바탕골 이야기를 꺼내자마자 박종철 추모식 사건부터 터져나왔다.

"1987년 1월 서울대생 박종철이 물고문을 받다 죽었잖아요. '턱' 치니 '억' 하고 죽었다는 이야기를 듣는 순간 머릿속에서 뭔가 스쳐갔어요. 당장 연극하는 기국서 씨를 불렀지. 그래서 '물고문'이라는 퍼포먼스극이 만들어진 거야. 현수막 대신 바탕골 전면에 검은 만장을 내걸었지. 그런데 언론에서 바탕골에서 박종철 추모식이 열린다고 써서 난리가 났지.

어느 날 안기부라며 전화가 왔어요. 대뜸 '당신 죽고 싶어, 살고 싶어?' 하는 거야. 나는 안기부가 뭔지 몰랐어요. 중앙정보부라면 모를까 안기부는 처음 들었거든. 무식하면 용감하다고 뭐가 뭔지 모르니 겁날 게 없지. 안기부를 나는 안건사라고 들은 것 같아. 왜 그 의자 만드는 안건사 있잖아. 나도 참 무식하지.

'남이야 죽고 싶든 살고 싶든 니가 무슨 상관이야? 의자나 잘 만들면서 처박혀 있어라 이 나쁜 놈아' 그랬지. 그랬더니 그쪽에서 되레 이 여자가 뭘 믿는 구석이 있으니까 큰소리 치는구나 싶었던 모양이야. 찔끔하더니 끊어버리데."

박종철 추모제 이후 바탕골은 '9일장' 사건으로 다시 한 번 세상을 떠들썩하게 했다. 박의순을 말하려면 일단 9일장 이야기부터 풀어놓는 게 낫겠다. 그의 감각과 순발력과 에너지와 추진력을 보여주는 단적인 예들이 거기 다 들어 있으니까. 우여곡절 끝에 동숭동에 바탕골예술관 문을 연 것은 1986년 4월이었다. 개관 이래 연일 화제만발이었다. 매일 무용을 공연했고 기발한 퍼포먼스를 벌였으며 사람들을 불러모아 시낭송을 했다.

1987년 '9일장' 사건

이듬해 7월, '바탕골'이란 이름이 문화계 전반에 커다랗게 돋을새김되기 시작할 무렵, 공연하기로 했던 연극이 갑자기 펑크가 났다. 9일 정도 극장이 비게 생겼다. 박 대표의 머릿속으로 전광석화처럼 아이디어가 지나갔다. 굿을 하자! 내가 무당이 되어 굿 한판 벌여보는 거야!

진작부터 굿에 관심이 있었다. 개관 기념으로 만신 김금화를 불러 걸진 굿판을 벌이기도 했다. 종합예술이다 뭐다 이전에 그저 한바탕 시끌벅적한 판을 벌이는 것이 좋았다. 그는 기질적으로 타고난 무당인지도 모른다.

당장 대규모 행위예술 마당을 펼칠 계획을 세웠다. 아니, 계획은 아니었다. 그는 즉흥의 대가다. 모든 것을 즉흥적으로, 주먹구구로, 머릿속에 떠오르는 생각을 따라 저돌적으로 추진했다. 대신 '무당답게' 번뜩이는 영감이 있었다. 세상을 향해 아무 선입견 없이 순수하게 마음을 열어놓을 줄을 알았다.

1987년이었다. 6월항쟁이 막 지나고 서슬퍼런 독재가 한풀 꺾일 즈음이었다. 억울하게 죽어간 젊은 목숨들이 수두룩했다. 원한을 풀어줘야 할 혼령이 한둘이 아니었다. 그해 1월엔 서울대생 박종철이 물고문을 받다 죽었다. 6월에는 연세대생 이한열이 시위 도중 최루탄을 맞고 친구 어깨에 기대어서 죽었다. 그어머니의 심정을 생각하니 박 대표는 심장이 터질 것만 같았다. 큰 굿을 한판 벌이고 싶었다.

"내가 젠장 정치를 알아? 민주투사이길 해? 애국심은 무슨 개뿔⋯⋯. 그냥 한바탕 큰소리 치면서 지랄 떨고 놀고 싶었던 거지."

시작은 단순했다. 바탕골을 열면서 마당에 향나무 한 그루를 심어놓았다. 그 나무가 뿌리를 못 내리고 비실거렸다. 비싼 나무이기도 했지만 푸른 잎이 누렇게 변해가는 꼴을 멍청히 바라보고 있기가 싫었다. 광목으로 그 나무를 감싸보면 어떨까 싶었

독일 유학 시절 박의순

바탕골 미술관에서
검은 상복을 입고 박종철을 추모하는
9일장 퍼포먼스를 벌이는 박의순

다. 광목을 감싸는 뜻은 환생을 비는 마음이었다.

나무를 감쌀 생각을 하다 보니까 건물 전체를 모조리 광목으로 두르고 싶어졌다. 3층 건물을 흰 천으로 친친 동이자니 예상했던 것보다 엄청난 양의 광목이 필요했다. 서울시내 광목을 모조리 사들였다. 1천 마의 광목을 사는 데 그때 돈 2백 만 원이 들었다.

극장 입구에는 탄생을 상징하는 금줄을 걸었다. 죽음은 탄생과 맞물리는 절차 아니랴, 하다 보니 죽음뿐 아니라 부활까지도 염두에 두게 됐다. 현관 원통형 홀에는 검은 종이로 신주를 만들어 모셨다. 사자밥도 짓고 문 앞에 짚신도 준비하고 넋전도 만들고 사람 형상을 크게 오려 삼층 꼭대기에서 아래로 늘어뜨렸다. 극장 앞에 있던 돌조각에도 흰 광목을 감쌌다. 조각의 허리에 새끼줄을 둘렀더니 음산하고 기괴해졌다. 죽음의 분위기가 물씬 났다. 검은 상복을 입은 박 대표가 모든 의식을 주관했음은 물론이다. 사실 눈물도 철철 흘러넘쳤다. 예술관 전체가 영락없는 초상집이었다.

청와대와 안기부와 경찰은 물론이고 종로구청과 동숭동 동사무소까지 이 초상집을 곱게 볼 리 만무했다. 공연 계획은 극비에 부쳐졌고 찾아오는 기자들도 쫓아냈다. 그러나 소문이 새나가 바탕골 주변을 빙빙 돌면서 감시하는 눈길들이 늘어났다.

"퍼포먼스라는데, 공연예술이라는데, 더구나 주인이 입만 열

면 욕을 바가지로 퍼부어대는 억세빠진 여자인데 잡아죽일 수
도 없고 말야, 하하하⋯⋯.”

그러나 견제와 압력은 여러 통로로 들어왔다. 아까 말한 안기
부 전화도 그중 하나였다. 무엇보다 그가 최고의 존경을 바치는
구상 선생을 통해 공연을 막으라는 압박이 있었다.

“내가 그 영감님이라면 깜빡 죽는다는 걸 그놈들이 알았나
봐. 학식도 외모도 인품도 신앙도 시詩도 완벽에 가까운 분이거
든. 평생 흠모하고 우러러 본 어른이지.”

그래서 한 발 양보했다. 상청에 박종철, 이한열의 위패를 걸
려던 것을 취소했다. 대신 그림과 시를 내걸었다. 시는 산골소
녀 김옥진의 것이었다. ‘조금 아픈 것은 참 고마운 아픔’이란, 생
명과 삶에 감사하는 눈물겨운 내용이었다.

세상의 응어리를 풀어헤치는 욕

구상 선생의 코치로 검은 무명을 사와 아홉 개의 고(묶음)를 만들
었다. 9일장이니까 하루에 한 개씩 그 매듭을 풀기로 했다. 죽음
을 주제로 한 시낭송도 하고 춤도 추고 노래도 했다. 타의에 의
해 파괴되는 생명과 그 분노를 담은 기국서의 행위예술 ‘방관’,
이를 춤으로 표현한 임경숙의 ‘우리의 아벨’, 판소리 심청가를

행위예술로 각색한 '청의 죽음', 춤과 행위예술의 결합공연인 신영성의 '아굴의 기도', 무세중의 '통일을 위한 피의 살풀이'.

이런 흐드러진 육체언어의 난장을 끝낸 후 마지막 날엔 광목을 벗겨 태우고 지신밟기와 막걸리 잔치를 벌였다. 바깥 포장마차에다 맥주와 땅콩, 막걸리와 부침개를 푸짐하게 늘어놓아 행인들에게 마구 나눠줬다. 이런 진정한 의미의 축제를 벌이면서 그는 살맛이 이글이글 솟는 것을 느꼈다.

예술관 실내 곳곳에는 50개의 비디오 화면이 설치됐다.

"당시만 해도 비디오가 어디 흔했나. 외국 기자가 광주사태를 찍어놓은 화면을 수녀들이 치마폭에 숨겨다니면서 성당 안에서 몰래 틀곤 했거든. 그걸 바탕골 곳곳에 잔뜩 비출 계획이었는데……."

그것도 취소했다. 그 과정에서 박 대표의 욕 실력은 엄청나게 늘었다. 안기부 직원이 왔다 가면 뒤에 대고 주먹 쥐고 감자를 먹였다. 그의 이 동작은 남들과는 반대다. 오른손을 왼손이 만든 구멍 속에 쑥 집어넣어 감자를 먹이는 대신 구멍 밖으로 힘차게 빼내는 방식이다.

"이웃에 살던 샘터의 김재순 씨가 그걸 보고 무슨 짓이냐고 물어요. 그 양반 점잖은 분이잖아요. 아니 '씹할 놈'이라 그러면 그게 뭔 욕이에요? 되레 좋은 거잖아. 그래서 '씹도 못할 놈'이라고 이렇게 빼내는 거라 했지. 그랬더니 그분이 막 웃어."

나중에 팔도 욕을 모은 욕파티를 준비하면서 욕의 어원과 본질에 대해 본격적으로 공부할 기회가 생겼다. 흔하게 쓰는 '씹할 놈'의 의미를 제대로 알게 됐다. 그 후부터 박 대표의 욕이 달라졌다.

"그 말 앞에 '제에미'라는 말이 생략되었다잖아? 제에미하고 붙어먹는 건 어느 시대, 어느 나라나 다 큰 욕이 되나 봐. 그거 지독한 악담이잖아. 나는 욕을 해도 악담은 안 해요. 우라질 놈, 오살할 년, 염병할 놈. 서울 욕에 그런 게 많아요. 지독한 욕이지. 나는 그런 거는 싫어. 그래서 나중에는 내가 욕을 바꿨어요. 씨팔 좃팔 대신에 좀 길기는 해도 '제에미 밑구멍으로 다시 밀어 넣을 놈' 이러지. 하하하……김재순 씨가 '무슨 그런 욕이 있어?' 하데. '아니 얼마나 좋아요. 본향으로 다시 보내주겠다는 거 아녜요' 했지."

그의 욕은 아닌 게 아니라 거칠기보다는 애교스럽다. 이를 악물고 상대를 악담하고 씹어뱉는 게 아니라 마음을 크게 열고 응어리를 시원하게 풀어헤치는 욕이다. 그래 듣는 사람 속까지 확 터지게 해준다.

청와대, 안기부, 시청, 구청 또 누구누구 기억도 나지 않는 여러 사람과 승강이를 벌이면서도 9일장은 성황리에 치러졌다. 관객들은 입장료 대신 굿에 쓰인 소품들을 돈 내고 샀다. 그 행위 예술판에 온몸으로 동참했던 한 사람은 지금도 당시 공연을 엄청나게 신선하고 놀라웠던 경험으로 기억한다. 많은 비용을 들여 설치한 모니터로는 광주항쟁 현장을 찍은 비디오 대신 찰리 채플린의 코미디를 틀었다. 아무리 새매 같은 박 대표라도 물러설 때는 물러설 줄 알았던 것이다.

죽음에 대해, 개인의 아픔과 시대의 아픔과 인류의 아픔에 대해, 잘못된 야욕과 권력의 잔혹함에 대해 극명하게 증언해줄 '광주' 대신 화면에선 엉뚱하게도 찰리 채플린이 나와 온종일 흑백으로 돌아다녔다. 그 앞에서 박 대표는 헛웃음을 웃었다. 허탈하게. 아프게 기막히게. 검은 상복을 입은 채로. 무당 같은 신명을 잠시 멈추고서. 우하하하 크게. 그걸 보고 구상 선생은 말했다.

"우리 모두가 박 여사의 원숭이네."

이상하게 박 대표는 그 말이 지금도 잊히지 않는다.

연극 '매춘' 소동

이듬해 봄 바탕골은 다시 사건에 휘말렸다. 바탕골이 준비한 '매춘1' 공연이 공연윤리위원회 대본 심의에 걸려 '원고 부분수정' 판결을 받은 것이다. 박 대표는 이 판정에 불복하고 공연을 강행했다. 서울시는 공연법에 의거하여 극장을 관할경찰서에 고발조치했다. 이에 박 대표는 변호사를 선임해 맞섰다. 공연윤리위원회와 소극장 대표가 본격적인 법정싸움에 돌입한 것이다.

박 대표는 팔을 걷어붙였다. 해볼 만한 싸움이라고 생각했다.

"아니 지랄같이 연극대본을 국가가 고쳐라 마라 간섭하는 게 말이나 돼요? 그때 커피숍을 같이 운영하고 있었는데 하루는 강영훈 씨가 찾아왔어요. 같이 아래로 내려가자 해서 따라갔더니 알 만한 어떤 목사님이 성경책을 딱 펼쳐놓고 엄숙하게 앉아 있어. 나를 위해 안수기도를 해주겠다나 어쨌다나. 내게 음란한 마귀가 들렸으니 그걸 쫓아내겠다나 뭐라나. 꾹 참고 있다가 막 욕을 해줬지. 애가 셋 있다니 당신 적어도 세 번은 올라 탔겠네? 아니 세 번만 탔겠어? 셋에 열곱은 올라갔잖아? 그런데 외설이 뭐가 외설이라는 거야? 그렇게 막 나갔어요.

연극을 저지하려는 측이 주부들을 앞세워 극장 앞에서 데모도 하고 그랬다고요. 제목이 품위 없고 저질·퇴폐 장면이 너무 많다나? 겉으로 고상 떠는 것들이 원래 밑구녕을 까발리면 남들보다 몇 배는 더 구리거든. 가짜로 치장하고 남들 앞에 제 구린 것을 감추느라 모가지를 빳빳이 세운 것들에게 이참에 실컷 똥바가지를 씌워보자 작정을 했던 거지. 아이고 저 여자 상종 못 할 인간이네 하면서 내빼버리데. 이영희 공륜위원장에게도 막 해댔어. 당신 어디 가서 가랭이 짝짝 벌렸잖아 해가면서(속시원하지만 차마 옮길 수 없어서 생략). 변호사를 선임했다고 하니까

171

동아일보 홍찬식 기자가 와서 약을 올려요. '에이, 그거 돈 많이 드는 일인데 하시겠어요?' 내 목숨 걸어놓고 하겠다고 말했어."

재미있는 건 주변 사람들의 반응이었다. 소설가 박완서 선생은 남편과 아들을 한꺼번에 잃어 실신 지경일 무렵이었다. 거의 사색이 다 된 그분 앞에 평소 답답하던 울화를 욕으로 풀어냈다. 우아 떠는 꼴을 차마 못 봐주겠던 몇몇 여성인사들을 향해 걸쭉한 육담을 퍼부었다. "속으로 호박씨를 까면서 겉으로는 눈을 내리깔고 고상한 척 하는 여자들 한 트럭 와도 겁 안 나." 그랬더니 기운 없던 그분 안색이 순간 반짝 하고 빛을 냈다.

"그걸 내가 봤다니깐. 뭐라고 말을 한 건 아니지만 알아챘지. 저 인간이 가짜는 아니구나 싶었던지 일어서면서 어깨를 두드려주시데. 아무도 말 못하고 있는 걸 내가 했으니 속이 시원하셨던 게지."

대학로의 욕쟁이에서 문화계 걸물로

연극 '매춘'이 재판에 회부된 사건에는 당시 우리 사회가 안고 있었던(지금도 안고 있는) 몇 가지 문제들이 집약돼 있었다. 불합리한 제도가 있었고, 겉만 번지르한 위선이 있었고, 상부 명령에 꼼짝 못하는 관행이 있었고, 무작정 짓누르는 억압이 있었고, 공연에 반대하는 시위가 있었고, 그 시위를 사주하는 세력도 있었다. 온갖 더러운 요소들이 골고루 갖춰진 이 재판을 문화계 전체가 주목했다. 그러나 결론은 싱겁기 짝이 없었다. 한 편의 코미디라고나 할까. 사건이 고등법원에 계류 중일 때 공연 사전심사제도 자체가 없어졌다. 공연법의 틀이 바뀐 것이다.

박 대표는 변호사비 4천여 만 원을 공중에 날렸다. 그렇지만 그 소동이 끝나고 나자 그는 대학로의 '욕쟁이'에서 우리 문화계의 '걸물'로 격상돼 있었다. 뒤에 든든한 백그라운드를 가졌다는 소문도 났다. 무슨 장관의 여동생이라거니 하는, 그의 말마따나 '별 미친년 널뛰는 소리들'이 따라다녔다.

물론 그도 원래부터 욕쟁이는 아니었다. 기질이 다혈질이고 솔직하고 적극적이었을 뿐. 그런데 바탕골 집을 짓고 허가를 받고 턱없는 송사를 치르고 하는 과정에서 하도 울분이 쌓여 그걸 풀 방법을 찾다 욕을 발견해냈다. 어느 날 장사하는 여인네들의 걸진 욕이 귀에 꽂혔다. 시원스럽게 한판 퍼붓는 걸 듣고 있자니 그렇게 속이 시원할 수가 없었다. 잘 들어두었다가 밤에 혼자서 연습을 했다. 특검에 출두하며 이것은 민주주의 특검이 아닙니다라고 외치는 최순실을 향해 '염병하네, 염병하네, 염병하네'라고 외친 특검 청소부 아주머니, 그 욕설이 2017년 벽두 온 국민의 막힌 울화를 시원하게 뚫어주 듯 적재적소에 뱉어지는 욕은 백 마디 웅변보다 강렬하다. 빈 전화통을 붙잡고 제일 흔한 '이 씹할 새끼야' 부터 연습했다. 절로 얼굴이 화끈했지만 속은 몹시 시원했다. 어린 딸이 잠이 깨서 "우리 엄마 미쳤다"며 울고 매달린 날도 있었다. 한밤중에 빈 전화기를 들고 욕을 연습하는 귀골의 중년여자. 바탕골이란 문화공간을 주도해서 혼자 힘으로 일으키기가 얼마나 힘겨웠던가를 짐작케해주는 풍경이다.

동숭동에 땅을 산 건 1974년이었다. 서울대학교가 이전하면서 학교 부지를 택지로 분양한다기에 살림집을 지을 요량으로 132평을 미리 사두었다. 비싸게 샀다고 남편에게 핀잔을 받은 후 그냥 잊은 듯 내버려뒀다. 거기 미술관을 짓고 싶다고 생각하게 된 계기가 생겼다.

당시 박 대표에게는 양평의 차도 안 들어가는 산골짝에 제법 큰 농장이 있었다(1999년 7월 이곳에 양평바탕골예술관 설립). 서울 땅 1백 평 살 돈으로 양평 야산 5만 평을 사두고 개간을 하는 중이었다. 작은 집을 짓고 뜰에 성모상을 모셨다. 그 앞에서 친구처럼 이야기하고 기도했다. 사과나무를 기르고 사슴을 키우는 그 농장엔 크고 작은 일이 수시로 생겼다. 전기 공사하던 사람이 감전사고로 죽어나가는 일도 벌어졌다. 그 사람의 유족을 사칭한 이가 사법당국에 고발을 하기도 했다.

일이 하도 꼬이기에 하루는 성모상 앞에 가서 실컷 화풀이를 했다. 삿대질도 했다.

"당신이 도대체 성모야, 뭐야? 사랑의 성모가 뭐 이따위야? 내가 뭘 잘못했다는 거야? 날마다 바치던 내 기도 다 내놔! 사람을 이렇게 짓밟을 수가 있는 거야?"

그래 놓고 시간이 지나니까 슬그머니 켕겼다. 성모상 앞에 바로 서지는 못하고 슬쩍 지나가면서 말했다.

"아까는 미안했수. 용서하슈."

그러면서 퍼뜩 머리를 스치는 생각이 있었다. 이 세상 어딘가에 이렇게 시원하게 속풀이할 장소가 있다면, 지랄발광할 수 있는 마당이 있다면. 그런 마당을 답답한 사람들 앞에 펼쳐놔주고 싶었다. 동숭동 땅, 거기다 소극장을 짓자! 행위예술을 해보자! 전시장도 만들고 차도 마시고……. 머릿속에서 파일이 착착착 돌아갔다.

"교황님 사인 여기 있습니다"

그러나 그에게는 일단 결재를 받아야 할 직속상관이 있었다. 남편 김영식 씨. 당시 황지에서 함태탄광을 운영하던 남편은 예술관 건립을 펄쩍 뛰며 반대했다. 단칼에 거절하면서 농담처럼 한마디를 덧붙였다.

"절대 안 돼. 교황님 사인이라도 받아 온다면 모를까. 미술관이 웬 말이야."

교황님의 사인? 교황님의 사인이라고? 다혈질에 적극적이다 못해 저돌적인 박의순은 그 말 한마디를 꽉 잡았다. 교황님 사인만 받아 오면 되는 거지요? 남편은 껄껄 웃었다. 어디 한번 받아와 보라고. 그 말을 신주처럼 품에 안고 로마 교황청으로 날아갔다. 교황을 알현하러 온 세계 각국 사람들이 구름 같았다. 군중 속에서 펄펄 뛰며 손을 흔들었다. "나는 키가 작고 교황님은 키가 크시니 펄쩍펄쩍 뛰지 않으면 보이지가 않아. 그래서 펄펄 뛰며 교황님께 나 좀 보라고 외쳤지, 뭐." 교황이 가까이 온 순간 번개같이 옷자락을 잡아 낚아챘다. "어떤 동양여자가 노루처럼 뛰면서 교황님을 막아서더라"고 당시 교황청에 있던 장익 신부님은 요즘도 고개를 내저으며 그날 풍경을 회상하곤 한다. 결국 사인을 받아냈다. 꿈은 이루어졌다. 그걸 모셔들고 남편 앞에 날아왔다. "교황님의 사인 여기 있습니다" 하면서 내밀었다.

그렇게 예술관 공사는 시작됐다. 하지만 넘어야 할 고개가 첩첩이었다. 욕을 배울 필요가 절실했던 때가 아마 그즈음이었을 것이다. '대학로 욕쟁이'란 별명이 절로 생겼다. '봉순이'란 별명도 통용됐다.

그의 시아버지는 안동군 교육감을 지낸 김한묵 씨다. 콧대 높고 법도 엄중한 양반집이었다. 처음 시댁에 가던 날 날라리 새신부 박의순은 큰절을 올리다가 치맛자락을 밟고 뒤로 벌렁 자빠졌다. 안채에서 신부가 불안해 마음 졸이고 있던 새신랑이 뛰쳐나왔다. 그럴 때 벌떡 일어서는 것은 박의순의 스타일이 아니다. 가만히 멀뚱멀뚱 누워서 신랑과 눈을 맞추었다. 그리고 히죽 웃었다. 그때 신랑으로부터 얻은 별명이 '뻔순이'다. 그걸 이웃에 있던 샘터사 김재순 씨가 프랑스식 발음으로 '노블하게' 봉순이라고 바꿔 불러준 것이다.

대학로엔 이미 입성해 있는 '늙은이 친구'들이 수두룩했다. 흥사단 이사장 서영훈, 샘터 사장 김재순, 극작가 차범석, 야당 정치인 신도환, 존경해온 시인 구상, 아카데미하우스의 강원룡 목사들과 동네 사람 자격으로 스스럼없이 어울렸다.

매사 솔직하게 비판하고, 위선을 보면 거침없이 공격하고, 예의랍시고 둘러쓴 허위의식을 단칼에 까발기고, 에두르지 않고 직선적으로 공격하는 박 대표를 다들 통쾌해했다. 좋아하면서 한편 겁도 냈다. 구상 선생과 가깝던 걸레스님 중광은 바탕골 욕쟁이 봉순이가 과부라고 소문을 내고 다녔다.

"미친놈이 그런 소리를 했대잖아요. 중광은 기인이긴 한데 이중섭이 진짜라면 그는 격이 조금 처졌지. 과부라는 소리가 그렇게 듣기 싫데. 개관하는 날 의도적으로 우리 영감한테 크림색 양복을 멋지게 해 입히고 '여보, 여봉' 해가며 애교를 떨고 다녔지. 영감은 이 여편네가 갑자기 돌았나 그러고……. 하하. 지금 생각하면 다 유치한 짓이지 뭐."

그후 17년 동안 대학로 바탕골은 퍼포먼스 전문 공연장, 설치미술 전문 전시장으로 이름을 날렸다.

부뚜막을 아틀리에 삼다

바탕골 이름은 남편 고향인 경북 상주 함창면 무향리에서 따왔다. 속명이 바탕골인 산골이다. 그는 아홉 남매의 맏며느리다. 호랑이라고 소문난 시아버지는 '지랄 같은' 며느리와 희한하게 코드가 잘 맞았다. 권위도 가식도 없이 고삐 풀린 말같이 뛰노는 며느리를 전폭적으로 인정하고 사랑하셨다. 어떤 실수도 무사통과였다.

"내가 복이 많아서 끼리끼리 딱 만났어. 우리 영감은 위선 덩어리인데 아버님은 날라리셨지. 서양여자 누드를 놓고 '아가야, 왜 여기가 노랗냐?' 물으셔. 그러면 내가 '아버님, 머리칼이 노라니 거기도 노랗습니다, 대답하곤 했지, 하하. 둘이 이야기하는 걸 누가 듣고 '딸이야 며느리야?' 물으면 우리 아버님은 '들어보면 모르나? 아니 며느리하고 누가 이런 이야기를 한다는가?' 하셨지."

시아버지는 며느리가 화가라는 걸 몹시 만족해한 어른이셨다. 그림에 대해 말할 때 박의순은 웬일인지 몹시 수줍어하지만 이날 이때까지 한시도 붓을 놓은 적이 없다. 새댁 시절 부뚜막을 아틀리에 삼아 그림을 그리면 시아버지는 흐뭇해서 기웃이 넘겨다보시곤 했다.

그는 홍익대 서양화과를 졸업했다. 인천 박문여고 시절부터 미술반에 처박혀 그림만 그렸다.

"원래는 탁구선수였는데 미술반 담당 수녀님이 날 그리 끌어 갔지⋯⋯."

그는 고운 소녀였다. 그가 어린 시절 친구 하나를 말하면서 "분홍, 그것도 흰 물감통에 분홍 물감 단 한 방울만 떨어뜨린 그런 연한, 연한 분홍"이라고 표현했듯이 내 보기엔 박 대표 자신도 한때 그런 분홍 계열의 아이였던 것 같다. 물론 내부에는 온통 빨간 물감 같은 열정이 맹렬하게 타오르고 있었지만. 학교 선생님들은 으레 그가 수녀가 될 줄로 믿었다. 야단치는 내용이 "너는 그래서 어찌 수녀원에 가겠니?"였을 정도니까. 홍익대에 진학했더니 수화 김환기 선생이 계셨다.

"키가 크고 찢어진 바지를 입은 그분을 나는 처음에 수위 아저씨인 줄 알았어. 하도 멋져서 아저씨, 아저씨 하면서 따라다녔지. 비 오는 날은 우산도 같이 쓰고 팔짱 끼고 운동장을 돌아다니기도 하고. 내 마음 속에 수위라서 참 가엾다 싶은 생각이 있었을 거야. 날 아주 예뻐하셨는데 나중에 알고 보니 그분이

교수라는 거야. 그 후부터 일부러 피했지 뭐. 하루는 날 찾으셔서 그분 방에 갔더니 그리던 그림을 이렇게 돌려놓으시데. 왜 그러냐고, 좀 보여달라고 졸랐더니 의순이 니가 부끄러워서 그런다, 이러시잖아. 아이고 참. 그게 늘 안 잊힌다니까."

거침 없는 인생, 예술가의 기질

그는 대학 졸업 후 3년을 실제 수도원에서 지냈다. 수도원에서는 아무 생각 없이 그림만 그렸다. 그는 태생적으로 종교성을 타고난 사람 같다. 유난히 진지하게 신과 인간의 존재를 고민했다. 한때는 속리산 수정암에 혼자 보따리를 싸들고 들어간 적도 있다. 비록 달밤에 수정암을 향해 혼자 걸으면서 절집 진입로에 즐비한 나무들이 잘생긴 남자들 같다고 느끼긴 했지만.

제사 때 굳이 절을 안 하는 크리스천 아랫동서에게 그는 이렇게 꾸짖는다.

"제사는 행위기도야. 제사만큼 진지한 기도가 없어. 그런데 예수가 제사를 지내면 안 되고 절을 하지 말라고 했다고? 불알을 떼버릴 일이지. 하느님을 눈앞에 모셔올 수 없으니까 대신 조상에게 기도하는 거 아냐. 절을 안 하면 기도의 핵심이 빠져버리는 거야."

그러면 아랫동서는 "아이고 형님~" 하면서 신성모독을 감당치 못해 쩔쩔맨다.

그는 인천에서 태어났다. 위로 언니 하나가 있었다. 남자 형제가 둘 있었으나 어려서 잃었고 어머니도 일찍 세상을 떠나 조부모 손에서 자랐다. 어미 없는 손녀라 귀하게 호호 불며 길러졌다. 예순을 훌쩍 넘긴 지금 어린시절은 거짓말처럼 지워졌다. 아무리 생각해도 저승의 일인 듯 잡히지 않는 안타까움이 있다. "이거는 생각나. 당시는 이부자리 고운 거 해서 쌓아두는 게 큰 장식이었거든. 여자들 취미고. 우리 어머니는 싱거 미싱을 가지셨고 고운 헝겊이 많았어. 늘 그걸 가지고 놀았는데 하루는 어머니 장롱 속 색동이불이 보이는 거야. 눈독을 들이다가 마침내 가위로 잘라냈어. 하도 이뻐서. 다른 건 생각이 안 나고 가위 들고 색동이불 조각을 베어내던 기억은 나. 그게 죄가 되는 일인 줄은 다 잘라놓고 나서야 보이는 거지."

남다른 기질은 어릴 적 에피소드에서 가장 잘 드러나는 법이다. 좌고우면 없이 하고 싶은 일을 해나가는 추진력과 맹목성은 예술가 기질이라고도 부를 수 있으리라. 귀한 이불에 거침없이 가위질을 하는 어린 박의순의 모습에서 오늘의 바탕골 주인의 모습이 절로 겹쳐지는 것은 인생의 진진한 묘미다.

바탕골이 어느 정도 자리가 잡히자 그는 독일로 뒤늦은 유학을 떠난다. 한국무용을 전공한 딸, 건축설계를 전공한 아들이 어머니의 오랜 꿈을 알고 등을 떠밀었다. 다른 데 신경쓰지 않고 그림만 그리고 싶었다. 장소는 아는 사람이 자리잡고 있는 독일 함부르크로 정했다. 그곳에서 작업실을 얻어 두문불출했다. 밥도 안 먹고 잠도 안 자는 날이 많았다. "소원대로 오로지 그림만 그렸어요. 그 무렵 아들이 배낭여행 도중 화실에 들렀더라고. 하도 외롭던 터라 나도 너 따라 서울 갈래 했더니 이 녀석이 어머니 이러시면 곤란합니다. 그러는 거야."

그 만류가 대견해서 더욱 그림에 몰두했다.

미쳐서 살다 성해지면 죽는 것

8개월간 정신없이 그린 그림을 모아보니 1,500점이 넘었다. 그걸 싸안고 돌아와 자신의 바탕골에 풀어놓았다. 첫 개인전 팸플릿에 그는 이렇게 쓴다.

40년간 뱃속에 키워왔던 생명체들을 한꺼번에 쏟아낸 것같이 시원하고도 허탈하다. 처녀가 애를 낳은 듯 부끄럽기도 하고……미쳐서 살다가 성해지면 죽는 것이 삶이다. 나는 위선적인 사제보다 솔직한 막달라 마리아에게 눈길을 준 예수를 좋아한다. ……벗으면 될 걸 고백하면 될 걸, 왜 복잡하게 사나. 나처럼 뻰순이로 살면 어떨까. ……진실은 딴 곳에 있는 게 아니다. 바로 스스로의 마음속에 있다.

그의 나이 55세였다. 아이들 어릴 때는 누드크로키나 남자 성기를 5백여 개 화면에 흩뿌리는 그림을 그리던 그가 독일에서는 한지에 아크릴 물감을 사용했다.

"난 빨리 마르는 아크릴이 좋아."

직선적인 그의 기질은 천천히 마르는 유화보다 빨리 덧칠할 수 있는 아크릴을 선택하게 했다. 모티프는 꽃과 새와 나무, 번짐과 여백을 한껏 활용한 서정 추상이었다. 화려한 색상과 유희적 붓놀림이 아름답다고 평론가들이 그의 그림 앞에서 박수를 쳤다.

그림 이야기만 나오면 그는 금세 수줍은 소녀처럼 "아이, 보지마" 하면서 얼른 화폭을 가린다. 그 옛날 김환기 선생님이 그러셨듯이.

"난 멀쩡한 종이에는 미안해서 그림을 못 그리겠어."

5만 평 부지의 양평 바탕골예술관 주인이 궁색하게도 케이크 상자나 내의 포장지같이 빳빳한 종이만 보면 물감을 묻히지 못해 안달하는 이유, 그건 그림에 대한 순결성과 엄숙주의 때문일 것이다. 그런 순결성이 그의 얼굴을 해맑게 만든다.

나는 그를 여러 번 만났다. 솔직하고 통쾌한 입담이 좋아 그의 집 근처를 자주 얼쩡거렸다. 박의순이 지닌 물건들—칠보가 장식된 지팡이(그는 걸음이 조금 불편해졌다), 나염이 독특한 우산, 섬세한 레이스 장갑을 살짝 만져보곤 했다. "당신도 이쁜 걸 어지간히 좋아해, 그지? 이딴 걸 좋아할 게 아니라 몸땡이가 싱싱할 때 남자를 좋아해야 하는 건데, 그지?"

그에게선 세상 잡다한 욕망을 한꺼풀 벗은 일종의 해탈이 느껴진다. 거친 욕설을 마구 퍼붓는 순간에도 입가에 웃음기가 감돈다.

"이번 생에서 난 서방이 셋이야. 하하하. 하나는 종교고 하나는 그림이지. 다른 하나는 뭐냐고? 그야 지금도 집에서 내가 밥 차려주기만을 기다리고 있는 우리 영감이지. 하하."

그는 지난해 어렵게 꾸려오던 대학로 바탕골을 처분했다. 그후론 대학로 근처에 얼씬도 안 한다. "너무 가슴이 아파서 안 가. 그 동네가 전신만신 술집으로 변해버렸어. 예전 동숭동이 아니야."

지금 박의순은 바탕골미술관을 양평에다 옮겨놨다. 규모를 훨씬 키워 도자기 공방, 금속 공방에 극장과 갤러리와 식당, 아트숍과 펜션까지 갖춘 복합문화공간이다. 교황님께 받은 사인을 그곳에다 옮겨놓았음은 물론이다.

덧붙임: 양평 바탕골예술관은 지금 대대적인 수리 중이다. 올 4월에

재개관 예정이라 한다. 운영은 큰따님이 맡아 하고 박의순은 뒤에서
코치만 한다. 욕은 예전보다 많이 줄었다.

'욕도 기운 펄펄할 때 하는 거지. 젠장' (2017).

황진이처럼 개성에서 태어났다. 피난지 부산에서 이매방 선생의 춤을 목격한다.
단번에 춤에 빠져들었고, 황진이를 넘어서는 춤꾼을 꿈으로 삼는다.
한반도의 땅은 좁았다. 미국으로 건너가 전 세계인의 눈을 매료시킨다.
그것도 부족하다. 춤이 선이요, 선이 곧 춤인 선무를 완성하고 이선옥은 귀국한다.

난 기생이다, 황진이다, 혁명적 예술가다

황진이보다 더 치열했던 춤꾼 이선옥

李　善　玉

멈출 때는 바위 아래 숨은 물고기처럼 고요하고 움직일 때는 수달처럼 튀어올라 적진을 괴멸시키는 상상, 산처럼 물러서고 질풍처럼 나아가며 호랑이처럼 싸우는 기쁨, 그 감동은 앉아서 거문고를 다룰 때보다 열 배 스무 배 다양합니다. 발 하나 들 때마다 손가락 한 마디 굽힐 때마다 세상이 다르게 보이니까요. 허리를 굽히고 양손을 모은 혜서(생김새는 쥐와 같고 얼음 밑 흙 속에서 풀과 나무를 먹고 사는 상상의 동물)가 되어 얼음을 부수고 두 발을 힘껏 차고 날아오르는 대완마(하루에 천리를 달리는 상상의 동물)로 천리를 달렸어요. 마음보다도 먼저 몸을 들여다보게 되었어요. 몸은 썩어 없어질 하찮은 살덩이가 아니라 나를 나이게 만드는 근본이니까요. 믿

189

을 거라곤 몸뚱이 하나뿐이란 말이 한낱 비유이거나 탄식이 아님을 깨달았지요. 사내들도 힘겹다는 금강과 두류를 제 집 앞마당 지나듯 오르내린 것도 몸을 다듬었기 때문이 아닌가 싶네요. 사와 대부들이야 팔자로 걸으며 헛기침이나 내뱉는 것이 전부지만 나는 춤을 통해 이 몸의 장점과 약점을 미리 살피고 부족한 부분을 고쳐 넉넉하게 만들었으니까요(–김탁환,《나, 황진이》).

평생 몸을 움직여 춤을 춰온 사람은 제 몸에 대한 생각이 딴 사람들과는 다르다. 김탁환의 소설에서 저 구절을 읽을 때 나는 어쩔 수 없이 춤꾼 이선옥을 떠올려야 했다. 그를 곁에서 지켜

李善玉
이선옥

1943 – 태어남
1951 – 한국전쟁. 피난지에서 이매방 춤에 매료
1969 – 최상의 스승들에게서 춤 배우고 미국 유학
1972 – 카네기 리사이틀홀 공연
1987 – 로터스 공연
1994 – 바라밀다 공연
        – 지금도 한국과 멕시코를 오가며 선무 전수에 힘쓰고 있다.

봐오면서 나는 이선옥이 제 키를 늘리거나 줄이는 마술을 부리는 게 아닌가 여러 번 의심했다. 분명 길이와 무게와 부피로 가늠되는 물질인 몸이 그에게는 마음먹기에 따라 늘였다 줄였다가 가능한 추상으로 전환되곤 했다. 북한산에 산벚이 못 견디게 휘날리던 어느 봄날, 그는 155센티미터가 채 못 되는 날렵하고 자그맣고 안타까운 초로의 여인이었다가 서해의 울퉁불퉁한 바위 위에 서서 두 손을 하늘 높이 치켜올리고 바다를 향해 치맛자락을 무섭게 펄럭이며 춤추던 여름날엔 2미터가 썩 넘는 거한이 되어 사나운 바다를 제 앞에 굴복시키는 것을 나는 봤다. 키만 달라지는 게 아니라 그는 제 몸을 가비얍게 날아올려 뉴욕 맨해튼과 보뜨 바야따(멕시코의 휴양도시)와 서울을 종횡무진 날아다닌다.

세상에 영원한 건 아무것도 없고 생명이란 본래 한 곳에 머물지 않는 법이며 사람은 여기서 태어나 저기서 죽는 것임을 진작에 알아버렸다. 그러기에 그의 몸은 무게에서 자유롭고 신축(펴고 오므림)에서도 자재롭다. 만날 때마다 나를 향해 화사하게 웃지만 대개의 시간을 혼자 '챈팅(염불)하면서' 보내는 그의 몸은 오욕에서 놓여나고 탐진치(욕심, 성냄, 어리석음으로 깨달음에 장애가 되는 세 가지 번뇌)에서 벗어나고 마침내 생사의 껍질조차 훌훌 놓아버릴지도 모른다. 아침마다 안방 맞은편 작은 방에 모셔놓은 부처 앞에다 청수를 떠다 놓고 간절하게 이선옥은 그걸 빌고 꿈꾼다.

"평생 한 자리에 안착하지 못하고 떠도는 게 내 업인가 봐. 제자를 기르고 싶었는데 결국 한국 온 지 10년 만에 이렇게 떠나잖아."

그는 멕시코의 보뜨 바야따의 한 호텔에서 은퇴한 시니어들에게 명상과 치유를 위한 선무를 가르치러 떠난다. 앞으로 일년의 3분의 2를 멕시코에서 살게 된다. 멕시코로 떠나기 전날 향기 나는 그의 집 부엌에서 달콤한 맛이 도는 색다른 '칼바도스'를 마셨다.

"난 선무로 끝을 봐야 해. 몸짱 얼짱 열풍이 세상을 휩쓸면서 요가와 헬스가 유행하잖아. 흔히들 춤은 마음의 표현이라고 하지. 근데 선무는 그런 모든 것의 결집이야. 몸과 마음과 영혼이 하나 되는 춤이라고. 몸짱을 만드는 것은 기본이고 몸안에 맺힌 울혈을 풀어낼 뿐더러 제 마음을 밖으로 드러내 활활 씻어낼 수가 있어. 대체의학으로 기능하는 치유무용이거든. 몸짱이 되고 싶은 마음, 슬프고 아프고 즐거운 마음, 그 생각이 어디에서 왔는가를 스스로 觀관하는 것이 선무야. 관법을 동원해서 지금 여기서 움직이고 있는 자신의 몸 동작에 모든 생각을 집중하는 거지. 그럴 때 춤추는 자체가 선이 된다구!"

기생이라는 말이 귀에 착착 감기다

태어난 건 개성이었다. 언니와 박연폭포 인근으로 나물 캐러 가곤 했다. "박연폭포? 물줄기가 하늘에서 엄청나게 쏟아져 내렸어. 그러나 내 기억은 사실이 아닐 수도 있어. 실상은 본디 다 환상이거든."

선죽교 아래 강물에 버선을 빠뜨려 떠내려가는 버선을 보며 울던 기억이 있다. 이선옥은 이야기를 몹시 생생하게 열렬하게 전달하는 기술이 있다. 그의 얘기를 딱 한 번 들었을 뿐인데 강물 위로 둥둥, 속절없이 떠내려가는 버선의 영상이 뇌리에 새겨지게 만든다.

그 옛날 같은 개성에서 태어난 황진이 얘기를 들은 것은 중학 무렵이었던 것 같다. 딴 아이들은 깡총하게 단발을 할 때 무용 특기생인 그는 머리를 엉덩이까지 내려오게 땋아내리고 다녔다. 삼단 같은 머리칼은 무겁고 윤나고 검었다. 눈썹이 짙고 살결이 희고 입술이 눈부시게 붉었다. 교문 앞을 지키던 선도부원들은 일쑤 그를 잡고 루즈를 닦으라고 닦달하곤 했다. 휴지로 아프게 문질러도 루즈는 묻어나오지 않았다.

선생님들은 말하곤 했다.

"선옥이 넌 귀밑머리 난 게 꼭 기생 같애."

처음 춤을 추겠다고 나섰을 때 오빠들은 그의 종아리를 때리면서 말했었다.

"양반집 자식이 춤을 춰서 뭐할래? 기생이 될래? 무당이 될래?"

기생, 그러나 웬일인지 기생이란 말이 귀에 와서 착착 감겼다. 싫지 않았다.

"황진이라는 기생이 있었는데 죽은 후에 제 몸을 물고기 밥으로 주라고 했다는 거야. 천지사방을 다니면서 마음대로 춤추다가 죽은 후에 그 몸을 물고기 밥으로 바다에 던진다? 그 말이 아주 근사하게 들렸어!"

그의 어머니는 특별한 분이었다. 전생을 미리 읽고 미래를 예견하는 힘을 가진, 말하자면 이인異人이셨다. 휴전 후 그의 가족이 서울로 돌아왔을 때 어머니 주변엔 당시 사회의 쟁쟁한 여성 명사들이 모여들곤 했다. 간판을 내걸고 앉는 역술인은 아니었지만 툭툭 던지는 말들이 정확하게 앞날을 예측한다는 것이 입소문으로 퍼져나갔다. 그래서 임영신, 배상명, 고황경 같은 여성교육자들을 집에서 만나는 일이 어렵지 않았다.

그는 그런 어머니가 마흔여섯에 가진 늦둥이였다.

"며느리 볼 나이에 아이를 가졌으니 남부끄러웠겠지. 떼버리려고 모진 한약깨나 들이켰는데도 도무지 떨어지지를 않더래. 그러니 내가 어머니를 이긴 거지. 어머니가 미래를 보셨지만 내가 어머니보다 더 지독했던 거지. 출산할 때 다리가 먼저 나왔

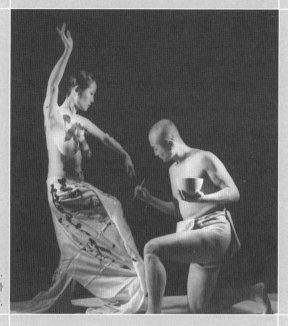

로터스 1 공연.
자신의 몸뚱아리를
화선지로 삼았다.

딸 허니와 함께.
허니를 낳기까지의 과정은
그야말로 파격적이었다.

대. 그래서 이름을 선옥이라고 지은 거래. 서 있다고!"

한약 탓인지 낳은 지 1년 동안 사람꼴을 하지 못했다. 사경을 헤매는 아이를 안고 어머니는 다른 모든 것을 물리치고 백일기도에 들어갔다.

"딱 백일 째 되던 날 처음으로 미음을 받아 삼키더래. 그렇게 살아난 거지."

피난지에서 마주친 전설의 춤꾼 이매방

일곱 남매의 막내로 언니오빠의 호위 속에 부러움 없이 자랐다. 초등학교에 입학하던 해 한국전쟁이 났다. 밖에서 전투가 한창일 때 아버지는 안에서 지병이던 천식으로 돌아가셨다. 그 전날 어머니는 침착하게 수의를 지으며 내일 11시에 너희 아버지가 돌아가실 것이니 준비해야 한다고 말하셨다.

아버지를 개성의 어느 산등성이에 묻었을 때 중공군이 한국전쟁에 투입되었다. 어머니는 피난을 가기로 결정하고 남하하는 피란민을 따라 일가족 모두 부산으로 내려갔다. 1·4후퇴였다. 그의 말투를 가만히 살펴보면 서울 말씨에 이북 말투와 경상도 억양이 살짝씩 묻어 있다는 게 느껴진다. 우리를 훑고 지나간 모든 감각들이 무의식에 가라앉듯 한때 살았던 땅의 기억도 발음의 습관으로 남아 우리 혀끝을 질기게 휘감는다.

"개성에서 강화를 거쳐 부산으로 갔어. 폭격기가 하늘에 높이 뜨면 어머니가 우리 형제들을 테이블 아래로 들여보내서 이불을 덮어쓰게 해. 그래 놓고 관셈보살 관셈보살 주문을 외라고 시켜. 그걸 외면 이상하게 두려움이 사라지고 눈물이 막 나와. 염불하는 새에 비행기가 지나가버리지. 어렸을 때 일은 사소해도 평생 잊히지가 않아. 그해 겨울 개성에서 된장찌개를 끓이면 넣을 게 없으니까 파만 몇 뿌리 넣거든. 파랗지도 않고 노르스르한 파 몇 점이 얼마나 맛있던지. 지금도 나는 몸이 아프면 그런 움파가 먹고 싶어."

부산에서 1951년에서 1953년까지 살았다. 이선옥이 피난가 살던 부산집 2층에 '이매방 춤연구소'가 있었다. 그건 우연이었을까. 정밀하게 사전에 기획된 운명의 대본이었을까. 아무튼 영리하고 궁금증 많고 몸안에 에너지가 넘치는 아이 이선옥은 날마다 그 춤연구소를 창문 너머로 들여다봤다. 보면서 창문 안 사람들의 동작을 흉내 냈다. 전쟁 속에서도 춤추기에 몰두한 어른들이 있었고 그걸 훔쳐보며 부채춤과 살풀이와 장고춤을 따라 배운 아이도 있었다. 이매방은 살풀이에 일가를 이룬 춤꾼이었다. 종일 춤 구경을 하고 집에 내려오면 엄마 치마저고리를 뒤집어쓰고 너울너울 춤을 췄다.

그는 오빠가 셋이었다. 오빠들은 막냇동생이 춤추는 것을 질색했다. 한국전쟁 당시 일반인의 춤에 대한 인식은 그의 오빠들처럼 기생이나 무당이 되기 위한 과정일 뿐이었지만 그는 절대 항복하지 않았다. 오빠들에게 매를 맞고 퉁퉁 부은 종아리로 슬픔에 찬 춤을 다시 흉내 내면 어린 생각에도 제 몸에서 눈물이 뚝뚝 흘렀다.

"어머니만은 말리지 않으셨어. 애는 이런 짓을 해야만 될 아이다. 그러니 그냥 두라고 오빠들을 말리고 매를 막아줬어. 우리 어머니는 내가 나중 먼 나라에 가서 여러 사람의 박수를 받을 거라고 말했고 또 섬에서 홀로 살 거라는 것도 예견했었어."

"섬이라고요?"

"맨해튼이 그게 섬이잖아."

최상의 스승, 준비된 제자

4학년 때 서울로 올라왔다. 1학년부터 4학년까지 피난지에서 그의 운명은 결정됐고 그는 이미 어린 춤꾼이었다. 몸놀림에 절로 교태랄까 슬픔이랄까 무상이랄까가 묻어났다. 무용을 배우고 싶다고 못살게 졸라 언니와 함께 을지로 입구에 있던 김백초 무용연구소를 찾아갔다. 어린아이가 김백초 선생을 앞에 두고 당차게 협상에 들어갔다. 우리 집은 돈이 없다, 그런데 무용이

하고 싶어 미치겠다, 대신 최고로 열심히 춤을 출 것이며 다른 아이들을 가르치는 것으로 교습비를 대신하겠다, 나를 제자로 받아달라. 덕분에 돈한 푼 내지 않고 김백초 선생에게 현대무용과 한국무용을 고루 배웠다. 김백초 선생은 최승희의 제자로 1953년에 미국으로 건너가 머더 그래험에게 우리나라 최초로 현대무용을 공부한 무용가였다.

"너무 아까운 분이셨어. 춤도 춤이지만 선녀가 하강한 것처럼 아름다웠지. 그런데 1963년에 집안 문제로 자살을 하셨어."

그는 스승 복을 타고난 사람이다. 늘 최상의 스승이 생의 길목에 우연인 듯 서 있었다. 김백초 선생이 그랬고 살풀이춤을 전수해준 이매방 선생이 그랬고 창을 가르쳐준 김소희 선생, 승무를 가르친 한영숙 선생이 그랬다. 남들이 도시락을 싸가지고 찾아다녀도 만나기 어려운 사람들이었건만 그에겐 그저 자연스럽게 툭툭 만나졌다.

초립동 춤을 추는, 입술이 발갛고 눈이 초롱초롱한 용산초등학교 여학생을 맨 처음 눈여겨본 사람은 상명학교의 배상명 교장이셨다. 그는 이선옥을 유난히 귀애했다. 당시 이화고녀가 명문이었지만 배상명 선생은 굳이 자신의 학교로 이선옥을 데리고 갔다. 물론 전액 장학생의 특전을 줬다. 이선옥은 중학 때 이미 안무를 직접 고안했다. 촛불 켜놓고 쭈그리고 앉아서 그 나이에 가당찮게도 죽음을 명상했다. 죽고 나면 제 몸을 물고기

밥으로 던지라 했다는, 춤 잘 추고 시 잘 지었다는 황진이라는 옛 기생을 시종 염두에 둔 것 같다. 지금 그 춤 동작은 다 잊었지만 그 안무로 서라벌예대 무용콩쿠르에서 탄 특등상만은 남아있다. 매달 무용콩쿠르에 나갔고 그럴 때마다 일등상을 거머쥐었다. 춤에서는 자신이 단연 최고라고 여겼기에 눈을 내리깔고 쌀쌀맞게 걸어다녔다.

중학교 2학년 때 어떤 아이가 추는 살풀이춤을 처음 봤다. 그 아이 이름이 한승서라는 것도 평생 잊지 않는다. 정한이, 통곡이 조용하게 깔렸다가 미칠 듯 터져나오는 춤이었다. 며칠간 그 춤 동작이 머릿속에서 떠나지 않았다. 자신이 추는 춤보다 더 나은 춤이 있다는 것을 견딜 수 없었다. 시샘을 누를 수 없어 한승서의 스승이 누구인지를 맹렬하게 수소문했다. 놀랍게도 그 춤은 몇 해 전 피난 시절에 무작정 시늉하던 이매방 선생의 살풀이라는 걸 알아냈다. 스승을 찾아가서 엎드려 절했다. 창 너머로 지켜보던 그 꼬마를 스승은 기억하지 못했지만 살풀이춤만은 완벽하게 전수해줬다.

난 기생이다, 황진이다

열댓 살에 이선옥은 이미 프로춤꾼이었다. 여기 저기 불려다니며 춤을 췄고 후배들을 가르쳤고 춤으로 용돈을 벌어서 썼다. 긴 머리를 구불구불하게 땋아 정수리에 착 올린 헤어스타일과 꼭 다문 입매로 어딜 가든 특별대우를 받았다. 춤 외에는 아무 것도 염두에 두지 않은 채 중고등학교를 다녔다.

"탤런트 박주아와 선우용녀 언니가 우리 무용반 선배였어. 선우용녀 언니는 정말로 이뻤어. 난 춤 이외는 관심도 없었고 놀 줄도 몰랐는데 그 언니들은 달랐어. 나는 무용반 교실에서 날이 어두울 때까지 아무튼 춤만 췄으니까. 가끔 한강에 스케이트 타러 가는 게 제일 큰 외출이고 동화백화점 뒤 극장에 가서 미국영화를 보는 게 엄청 큰 호사였어. 그때 〈분홍신〉이란 영화를 봤다구. 신발이 발에서 벗겨지지 않아 계속 춤을 추는 여자가 나오는데 그 동작을 따라하면서 미국에 가서 세계적인 무용가가 되리라 다짐했었어."

그는 당차고 진취적이었다. 허점 없이 매사를 완벽하게 처리했고 끊임없이 의욕에 불타는 인간형이었다. 그가 대학을 옮겨 다닌 내력을 보면 기질을 짐작할 만하다. 아니 혹은 한 자리에 뿌리내리는 것을 못 견뎌 하는 방랑벽의 소질이었을까.

그는 애초에 숙명여대 보건체육과에 입학한다. 전액 장학금을 받기 위해서였다. 도중에 어떤 이유로 장학금이 틀어져버리자 이번에는 얼른 수도사범대로 학교를 옮긴다. 거기는 무용보다는 원반던지기, 기계체조 같은 커리큘럼이 많았다. 미국 유학이 당면 목표였기에 그럴 바엔 영문학을 하자 싶어 숭실대 영문과로 다시 과를 바꾼다. 거기서 영어웅변대회, 영시낭송대회를 휩쓸어 지도교수의 사랑을 독차지한다. 그 지도교수가 건국대로 자리를 옮기는 바람에 이번엔 다시 거기로 따라가서 졸업을 한다.

"국립무용단이니 국악원 같은 것이 생기기 이전이야. 그러니 나라에 큰 행사가 있으면 춤을 추러 불려다녔지. 외국 원수들이 방문해와도 파티장에 나가서 춤을 췄고. 이생강, 서용석 같은 어른들이 어린 계집애들인 우리를 위해 악기를 연주해줬지. 경무대에서는 한번 춤추러 가면 제법 돈을 많이 주곤 했어. 그걸 모아 대학생 때 이미 약수동에 집을 한 채 장만했다니깐."

춤을 추면 사람들이 유독 그에게 혹했다. 어쩌면 저렇게 이쁠 수가 있느냐고, 생김새며 몸놀림이 진짜 기생 같지 않느냐고 탄식들을 토해내곤 했다. 숱하게 반복된 기생을 닮았다는 말을 그는 '오우케이!' 하고 받아들였다. 그 오케이는 지금도 여전하다. 낙관과 긍정으로, 대단히 단순하게, 눈앞에 맞닥뜨린 상황을 강력하게 '오우케이!' 하는 것이 그의 힘이다.

"오우케이, 그래. 난 기생이다. 황진이다! 황진이 같은 혁명적인 예술가가 될 거다. 겨우 금강산이나 기행한 조선의 황진이가 아니라 세계를 누비는 최고의 무용가가 되고 말 거다!"

춤이 곧 선이다

대학 졸업 후 대학원 등록을 마친 1969년, 그는 미국으로 떠난다. 처음부터 목적지가 미국은 아니었다. 출발은 캐나다의 몬트리올에서 열리는 세계무역박람회, 그곳의 직원이 되면 비행기표와 숙식이 해결되었기에 영어시험을 봐서 합격했다. 그 이전에 유학 국가고시에 합격했고 뉴욕대의 입학 허가서도 받아놓은 상태였다.

6개월 뒤 캐나다에서 뉴욕으로 들어갔다. 돈이 있을 리 없었다. 세계적인 춤꾼이 된다는 야심만 뚜렷할 뿐 구체적 계획은 없었다. 일단 유엔 본부의 안내원으로 취직했다. 선발 기준이 까다로운 직종이었지만 언어에 능통하고 마스크가 고운 그는 어렵지 않게 합격한다. 그는 욕심이 많았다. 디자인스쿨에도 등록하고 보석디자인 학원에도 나갔다. 아예 보석 연마 기계까지 집안에 사들여 보석가공도 했다.

"내가 원래 사치를 좋아하거든. 멋쟁이를 만나면 옷과 보석을 살펴보고 배우들을 만나면 화장을 자세히 뜯어본다고. 돈 들여 살 수는 없으니까 내 손으로 직접 다 만드는 거지. 강물이 모여 바다에 흘러들 듯 그게 나중에는 다 춤으로 귀결됐지. 무대의상도 화장도 전부 내가 직접 했으니까."

1972년 미국 도착 3년 만에 카네기 리사이틀 홀에서 이선옥

첫 발표회를 가진다. 미국 전역을 순회도 했다. 《뉴욕타임스》가 호평을 썼다. 성공이었다. 그러나 그는 무언가 미진했다. 환호 속에 무대에서 내려와 빈방에 돌아오면 너는 누구지라는 의문이 끊임없이 생겨났다. 거울 앞에 혼자 앉으면 지금 뭘 하고 있지? 왜 이렇게 멀리 와 있지라는 질문들이 자꾸만 돋아났다. 외로웠다. 허망했다. 질문들은 거울 안의 자그맣고 어린 여자에게 벌침처럼 아프게 날아갔다.

"넌 지금 왜 이렇게 화장을 했지? 뭘 하고 있지? 너는 누구지?"

대답할 말이 떠오르지 않았다. 삶의 답을 찾고 싶었다. 마침 뉴욕에 원각사라는 절이 생겼다. 숭산스님이 오셨다. 그를 찾아가 엎드렸다.

"고통 없는 피안의 언덕이란 것이 정말 있습니까" 물었다. 있다는 대답이 돌아왔다. "스님은 그걸 아십니까?" 물었다. 안다는 대답이었다. 그러나 너는 그걸 하면 돌아버릴 거라고 했다. 스님이 된다면 나도 안 될 리가 없지 않겠냐고 필사적으로 매달렸다.

"머리를 깎겠다고 했어. 그랬더니 너는 춤을 춰야지 머리를 깎으면 안 된대. 우선 독송을 열심히 하래. 주력을 외기만 하래."

그래서 앉으나 서나 경을 외고 다녔다. 맨해튼 거리의 모든 간판들, 펼치는 책과 신문, 만나는 사람들의 얼굴이 다 "나모라 다나다라 야야 나막알약 바로기제 새바라야 모지 사다바야-"

로 보였다. 그는 무섭게 집중하는 스타일, 불경과 다라니 외에
는 아무 생각도 나지 않았다.

"그땐 정말 미쳤었어. 그렇게나 경이 좋드라고. 그것만 하면
다른 아무것도 필요치 않을 것 같았어."

한참 후 큰 스님을 뵙고 물었다.

"참선은 꼭 앉아서만 해야 합니까?"

그는 어렸을 때 다리를 다친 적이 있어 양다리를 꼬는 가부
좌는 할 수가 없었다.

"스님 저는 죽었다 깨도 가부좌를 못 하겠어요."

스님이 답하셨다.

"아니지. 선에는 좌선도 있지만 행선도 있지. 걷는 주走, 말하
는 어語, 눕는 와臥, 빨리 움직이는 동動, 입을 다무는 묵默이 다
선이 될 수 있지. 떠오르는 생각과 마음자리를 관觀할 수 있으면
그게 뭐든 다 행선이지."

그 대답이 즉 깨달음이었다. '그렇다. 춤도 곧 선이 될 수 있
다. 춤선!'

선무는 그날부터 시작되었다. 진작부터 그의 안에 싹터 자라
던 동작들에 단전호흡과 명상, 나중에는 손가락을 쓰는 무드라
가 도입되었다. 1975년에 뉴욕 예술고 아이들에게 한국무용을
가르쳤는데 그 애들을 중심으로 젠댄스(선무) 무용단을 만들었
다. 소호에 2백 평짜리 공장 건물도 샀다. 유엔에서 받은 퇴직금

4천 달러로 한국에서 헐값으로 거래되는 골동품을 사들여 그 돈을 열 배로 불렸기에 가능한 일이었다. 2백 평의 반은 아파트를 지어 팔고 나머지 반은 선무를 상설 공연하는 소극장을 만들었다. 그게 1976년의 일이었다.

"미국은 내게 매우 행운이었어. 노력을 하긴 했지만 그게 노력인 줄 모르고 그저 좋아서 한 것인데. 실력이 있고 성실하기만 하면 성실이 신용이 되는 것이 선진국이더라고."

1978년에는 뉴욕대학으로부터 한국무용을 가르쳐달라는 제의를 받았다. 거기서 학비 없이 석사와 박사를 마칠 수 있었다. 1984년에 〈이모꼬 3회 전개, 선무의 안무법〉이란 논문으로 뉴욕대학에서 박사학위를 받았다. 빈손으로 혼자 미국에 도착한 지 15년 만에, 그는 박사와 뉴욕대학의 교수 자리와 맨해튼에 커다란 집을 가진 부자가 되어 있었다. 그리고 몹시 바빠졌다. 여기저기 공연이 많았다. 온갖 잡지가 그를 격찬했다. 그가 내보인 기사 스크랩북이 스무 권도 서른 권도 넘었다. 기어이 그는 예술가로서 뉴욕 무대에 뚜렷한 자리를 차지했다. 1986년에 만든 '로터스 1에서 6까지'가 프랑스에서 찬사를 받고 이어 '바라밀다 1, 2, 3'이 객석의 숨죽인 찬탄을 끌어내고 2000년 이후 지금까지 '색즉시공' 시리즈를 계속해오는 중이다.

1995년 《뉴욕타임스》는 그의 선무 '바라밀다'를 보고 이렇게 썼다. 선무를 한 번도 구경하지 않은 사람에게도 무대 장면을 눈앞에 그려볼수 있게 한다.

이선옥은 참선의 수행법과 서양 현대무용, 그리고 현대음악에 새로운 패션감각을 덧입혀 경탄할 만한 창작력, 그녀만의 춤의 류, 춤의 세계를 웨딩의 발맞춤처럼 누볐다. 비록 종교무용은 아니지만 그녀의 작품은 그 표현들이 단순한 감정의 상태들을 표현한 것이 아니라 선불교의 깨달음을 향한 사상이 표출된 것이다. 그리고 그녀의 작품세계는 극적이며 실험적인 요소가 함축되어 있다. 선무 무용수들은 약간의 아시아인들과 미국인들로 구성되었으며 안무가와 똑같은 집중력으로 관중을 매료시킨다. 그녀들은 천천히 움직이는 동작들(밑으로 내려가는 동작, 또는 한 발로 서 있는 동작과 꺾은 발의 동작) 그리고 불교수인법(손가락을 바깥으로 보이게 하고 엄지손가락을 둘째 손가락에 붙이는 동작)으로 다리와 팔을 쭉 펴는 동작보다 더 긴장감을 준다.

그 무대의 '보시'라는 춤에서 이선옥은 가슴속에서 나오는 소리로 염불을 하며 나타난다. 오보에는 콧소리를 내고 징과 거문고가 가늘게 울리고 이선옥은 천천히 예식의 진행처럼 움직인다. '지계'에서는 무대 중앙에 횡으로 화선지를 펼쳐두고 임형택이 붓을 들어 그림을 그리고 무용수의 옷과 벗은 몸 위에도 먹으로 글씨를 쓰고 그림을 그린다. '인욕'에서는 불교무술 금강승을 익힌 젊은 남자가 합장을 한 자세로 튀어나오면서 주먹과 손으로 허공을 치고 다리를 꼰 채 생명감 넘치고 신비스런 동작으로 하늘 위로 높이 튀어오른다.

동양여자의 미는 어깨 위에

현대무용과 한국무용의 전 과정을 마스터하고 세계의 온갖 예술 형태가 용광로처럼 모여 들끓는 뉴욕 한가운데 던져진 이선옥은 온갖 공연예술을 체험하면서 자연스럽게 '선무'라는 낯선 춤이 제 속에 이글이글 고여 발효하는 것을 느낀다. 그리고 기꺼이 제 몸을 선무가 숙성하는 숙주로 삼았다. 그는 무섭게 고민하고 탐구했다. 세계 무대에서 동양여자의 몸을 가진 내가 찾아내야 할 동작은? 세계인을 매료시킬 춤의 에센스는? 그게 무엇일까를 엄청난 열정으로 궁구했다.

"뉴욕에 가서 춤추는 서양 애들을 보니까 모두들 쭉쭉빵빵이야. 이건 뭐 동작을 할 필요도 없는 거야. 보고 있는 것만으로도 너무들 아름다워. 보다시피 내 키가 작잖아. 다리도 짧잖아. 그러니 서양 애들에 비해 도무지 섹스어필이 없는 거야. 춤이란 결국 얼마나 섹시하냐가 관건이거든. 섹시하게 관객을 사로잡아 관객들로 하여금 아~아~ 신음소리가 나오게 만들어야 하는 거거든. 걔네들 하고 같은 무대에 서면 도무지 게임이 안 되는 거야. 이래서 세계적인 무용가가 될 수 있겠는가? 어떻게 저 애들을 앞지르나? 어떻게 오버컴을 하나? 그게 자나깨나 내 화두야.”

전람회에 가 그림을 보고 연극 공연을 보고 연주회에도 빠지지 않고 다녔다. 그러면서 제 마음속 화두를 풀 감각을 곤두세웠다. 물론 여기저기서 공연을 계속했다. 스승 이매방 선생에게 배운 살풀이와 한영숙 선생에게 배운 승무를 주로 췄다.

“살풀이는 한국에 있을 때도 나만큼 추는 사람이 없다고 그랬었거든. 팔 한번 크게 펴지 못하고 애끓는 한으로 엉겨 있다가 나중에 그걸 훨훨 풀어내는 춤이거든. 춤 중에서 단연 최고의 춤이지.”

그러던 어느 날 일하던 화랑에서(그는 한때 미술관 큐레이터를 한 적도 있다) 닉 스프리카스란 기묘한 그림을 그리는 화가를 만났다.

“도저히 이해를 못 하겠기에 내가 물었어. 왜 이렇게 흉한 그림을 그리느냐. 그림은 아름다워야 하는 건데 이건 도무지 징그럽고 소름이 끼쳐서 볼 수가 없다. 이유가 뭐냐. 그 사람은 “Beauty is the holder of eyes”라고 대답했어. 제 눈에 안경이라는 거지. 그 화가가 미를 보는 눈이 나보다 훨씬 앞섰다는 것을 금방 알겠더라고.”

그 후부터 책방을 다니며 그림책을 유심히 보기 시작했다. 화가들은 아름다움을 어떻게 생각할까. 다리는 쭉쭉 뻗는 발레만이 아름다움이 아닐 수도 있겠구나. 어느 날 피카소 그림을 보다가 에로틱 아트라는 장르를 알게 됐다. 헌책방에서 동양여자들이 그려진 춘화집 하나를 우연히 구하게 됐다. 그는 중국과 일본여자가 주로 등장하는 《운우雲雨》라는 춘화집에서 크게 깨달음(?)을 얻는다.

"옛 그림에 나오는 동양여자들의 몸의 선이 기막히게 아름다운 거야. 그 포인트는 목과 손과 어깨선이더라구. 서양여자처럼 다리와 가슴과 엉덩이가 아니더란 말이지. 아하, 동양여자의 아름다움은 아랫도리가 아니라 어깨 위에 있구나란 것을 발견해낸 거지. 일부러 각 나라의 춘화를 다 구해 봤어. 프랑스는 대개 가슴을 노출시켜요. 코르셋을 위로 바싹 치켜올려 가슴을 강조하거든. 이탈리아는 엉덩이야. 그림을 봐도 살이 몽실몽실한 엉덩이에 포인트를 둔다구. 이탈리아 남자들은 여자 엉덩이부터 본다는 농담도 있지만 실제 이탈리아 여자들은 걸을 때 유난히 엉덩이를 실룩거리거든. 그럼 미국여자는 어딜 거 같애? 그래, 바로 다리지. 내가 처음 미국 가서 여자옷을 보따리 장사한 적이 있었거든. 사람들이 보더니 미국여자는 치마가 찢어지지 않으면 안 산대. 앞으로든 옆이든 뒤든 찢어져야 다리가 보일 거 아냐. 캘리포니아 스마일이라는 게 있는데 이게 입을 좍 찢어서 웃는 거거든. 걔네들은 입이든 다리든 길쭉하게 찢어놓는 데서 섹스어필을 얻나 봐. 그런데 일본여자들을 봐. 그들은 목선이야. 게이샤들이 기모노를 뒤로 한껏 젖혀 입는 걸 보라구! 중국여자도 어깨와 목이고 아랫도리라고 해봤자 기껏해야 발이거든. 우리 풍속화 속의 여자들도 반달 같은 눈썹에 앵두 같은 입술에 크게 틀어올린 머리 아래 가늘고 염염한 목선을 드러내잖아. 그런데 그게 엉덩이와 다리를 덜렁 내놓는 것보다 훨씬 더 섹시해. 그걸 내가 미국에서 비로소 깨닫게 된 거지."

그 순간 키는 이미 극복됐다. 동양여자의 미는 아랫도리에 있지 않았다. 필요하다면 손가락을 저 멀리 뻗어 에너지를 한없이 멀리 보낼 수가 있었고 당겨올 수도 있었다. 손가락의 선들, 섬세하고 정교하고 고요하게 움직이는 손가락의 신비만으로 카네기 홀 무대를 가득 채울 수도 있었다. 그걸 느끼면서 그는 매혹적인 선무의 기본동작들을 머릿속에 좌르륵 입력했다. 타고난 직관으로. 어쩌면 자신조차 구체적으로 의식하지 못하면서 새로운 춤의 파일들을 착착 만들어갔다.

1986년 파리 롱 포엥 극장에서 '로터스 1'을 초연할 때 이선옥은 상체를 완전히 벗어젖힌 채 무대에 섰다. 반쯤 돌아서 도톰한 제 젖가슴을 내놓는다. 그것이 화선지다. 벗은 어깨의 수줍은 선, 목에서 얼굴로 올라가는 가련하고 슬픈 선, 위로 쳐든 흰 손가락이 그리는 간절한 선, 그 몇 개의 선만으로 무대는 꽉

찼다. 고요하기 짝이 없었다. 거의 있는 듯 마는 듯한 동작이 끊일 듯 이어졌다. 아쟁이 쟁쟁 울었다. 붓이 흰 살 속에 깊이, 강렬하고도 두려운 먹빛을 선연하게 새겼다. 이선옥은 허리를 약간만 꼬고 손가락을 더 높이 쳐들었다. 부처와 인간, 극락과 지옥, 고뇌와 황홀, 인욕과 해탈이 거기 말 없이 담겨 있었다. 객석에서는 낮은 신음이 흘러나왔다. 종이 한 장 떨어지는 소리가 천둥처럼 울릴 긴장된 무대였다. 그렇게 고요했다. 그는 관객의 마음 속을 쥐락펴락 요리할 줄 알았다. 그때 화가 이항성 선생이 파리에 머물고 있었다. 그는 언제나 선무 공연의 객석에 찾아왔다. "자네는 우주를 손가락 끝으로 뱅뱅 돌리는구먼"이라고 무용평을 했다.

"선생님이 우리 단원을 집으로 초대해 고기를 굽고 멋지게 대접해주시는 거야. 그러면서 배경 그림을 현대 추상화로 바꾸라고 충고하셨어."

자기도 춤판에 낄 수 없는지 물어왔다. 대환영이었다. 크리스마스를 일주일 앞두고 선생은 밤을 새워 선무단을 위해 대작을 그려주셨다. 이 화백이 그린 그림을 무대에 깔고 '연꽃 2'를 공연했다. 맨 가운데 관세음보살의 자세를 한 이선옥의 사진을 박아넣은 신비한 분위기를 띈 먹그림이었다. 그 그림의 캔버스는 당연히 조선 창호지였다. 그는 무용수들을 그 창호지를 찢으며 등장시켰다. 창호지는 재생과 해탈을 상징하는 최상의 메타

포였다. 대성공이었다.

"내가 조선 종이를 하도 좋아하니까 이항성 선생님이 염색한 조선 종이 몇 다발을 내놓으셨어. 그때까지 무용수들의 옷은 값싼 중국 실크로 했거든. 미끈거리고 조명에 반사되고 영 좋지를 않았어. 조선 종이로 옷을 만들면 어떨까 싶었어. 조선 종이를 풀로 붙이고 접고 하니까 훌륭한 의상이 되는 거야. 처음 뉴욕 와서 의상 공부한 게 큰 도움이 됐어. 값은 실크보다 더 비쌌지만……."

선무는 나중 발견된 종이 의상으로 인해 더욱 신비롭고 다채로운 상징의 옷을 입는다.

"우리 종이는 질감이 부드럽고 질긴 데다 그림을 그릴 수도 있고 찢을 수도 있잖아. 삶과 죽음의 경계, 집착을 끊는 수행의 표현으로 그만한 상징이 어디 또 있겠어."

그때 그렸던 이항성 선생의 대작은 지금 평창동 이선옥 선무센터 연습실 벽면에 압도적 기운을 내뿜으며 걸려 있다.

결혼 없이 낳은 아이

10년 전 그는 30년간의 뉴욕 생활을 접고 한국에 돌아왔다. 첨부터 제 춤이 세계적으로 공인받고 나면 한국에 돌아올 계획이었지 남의 땅에 몸을 묻을 생각 따위는 추호도 없었다. 그는 미국남자도 싫었다. 같이 토론하고 음식을 같이 먹는 것 정도는 아주 스위트한데 더 이상의 접근은 절대사절이었다. 연애가 불가능했다.

"도대체 안을 수가 없어. 냄새가 견딜 수 없는 거야. 그러니 무슨 연애를 해?"

김치 먹는 한국남자만이 좋았다.

이쯤에서 그의 파격적인 개인사를 소개하지 않을 수가 없다. 21세기를 사는 독신 여자들이 혹 꿈꾸기도 할, 모험적인 일을 그는 이미 지난세기에 이루어냈다. 그는 남자는 싫었지만 아이는 원했다. 나이 사십이 되려니까 생애 한 번도 아이를 가져보지 못한다는 건 미숙한 인생이 아닐까 하는 회의가 자꾸만 들었다. 폐경이 되기 전에 어머니가 되고 싶었다. 그런데 사귀는 남자는 없었고 친한 미국인은 도무지 잠자리를 같이하고 싶지가 않았다. 그 무렵 태몽 비슷한 꿈들을 자주 꿨다.

"내가 바닷가를 걸어 가는데 저 앞에는 절이 있고 하늘에서 무지개도 아닌 것이, 뭔가 서기 같은 게 내 뱃속으로 좍 뻗히는 거야. 깨고 나면 이게 영락없이 태몽인데 싶었지. 하루는 공연을 마치고 기진해서 티브이를 보는데 하와이의 어떤 절이 나와요. 거기에 가고 싶어지더라고. 갔지. 갔더니 어떤 남자가 내게 자꾸 말을 걸어. 수행하는 사람이고 토종 한국남자야. 그즈음 한참 고민하던 얘기를 하고 도와달라고 했지. 젊고 건강한데다 인물도 괜찮고 머리도 괜찮고 씨를 받을 만한 남자라는 계산이 좌르륵 돌아갔으니까 말을 꺼낸거지. 하하. 그랬더니 이 행자가 뉴욕으로 오겠대.”

한 달 뒤 남자가 왔고 사흘밤을 같이 지냈다. 테스트를 해봤더니 임신이 아니었다.

“이게 다 망상이구나 하고 잊어버렸지. 늙어서 주책이 나나 보다 하고 말았어. 그런데 한 달 뒤에 그 남자가 다시 전화를 했데. 아니 천하의 이선옥이 한 번 해보고 포기하다니. 삼세 번은 시도를 해봐야지 하데. 그 말도 맞다 싶어 다시 그 남자와 닷새를 같이 지냈어. 이번 테스트는 포지티브였어.”

임신이었다. 그는 임신하게 해줘 감사하다, 건강하게 잘 낳아 열심히 기르겠다, 생큐 굿바이 하고는 남자를 보냈다. 그리고 배가 불러왔다. 뉴욕은 미혼여자가 배가 불러오는 일에 대해 아무도 관여하지 않았다. 다만 그 남자, 아기의 아빠만이 자꾸 찾아와 같이 살자, 사랑한다, 당신과 아기를 책임지겠다 운운하며 처음 약속과 달리 그를 귀찮게 했다. 성가시고 정나미가 떨어졌다.

“난 정말 남자가 싫데. 정이 있는 대로 떨어져서 그 남자를 피해 프랑스로 도망을 갔다니까. 내가 하도 매몰차게 거절하니까 나중엔 그 남자도 포기를 하데.”

빠르고 적확한 어휘로 세상과 춤과 인간에 대한 비밀과 깨달음을 거침없이 풀어놓지만 그는 이토록 관계에 담백하다. 제 삶을 특별히 애착하지도 항변하지도 않는다.

18시간의 산고 끝에 제왕절개로 여자아이를 낳았다. 아이 이름은 그의 영어 이름 써니 리를 딴 허니 리. 육아 경험은 놀라웠다. 자신이 무조건적으로 다른 존재를 사랑할 수 있다는 걸 발견하는 자체가 찬탄이고 경이였다. 젖을 물리고 똥 냄새를 맡으며 행복하다고 느꼈다.

"아이가 자라는 과정을 들여다본다는 것이 너무 신기했어. 엄마가 된다는 것은 인생 최고의 경험이었어. 예술에 대한 의욕도 더 커지고 삶도 더 진지해졌어."

허니는 지금 스물여섯, 미국에서 마케팅을 공부하는 중이고 가끔 아빠를 만나는 눈치지만 엄마에게 탄생에 대한 불만을 말했던 적은 없다. 가끔 만나면 같이 쇼핑하고 외식하고 사진 찍는 최고의 친구다.

1996년 링컨센터 라이브러리(공연예술전시관)에 이선옥의 선무 '바라밀다' 시리즈가 영구 소장되기로 결정되었다. 원하던 목표였다. 그가 만든 춤의 가치를 국제적으로 공인받아 마침내 '세계적 무용가'의 꿈을 이룬 것이다.

그러자 미친 듯 한국이 그리워졌다. 눈에 익은 산의 능선들, 입에 익은 양념 맛, 특히 콩나물무침과 마늘종의 향기와 덤덤한 미역국 맛이 못 견디게 그리웠다. 거친 듯 훈훈한 인정과 매너에 어긋나는 듯 정겹던 이웃들의 수다와 간섭들이 모조리 눈물 나게 그리웠다. 망설이지 않고 아이를 설득해 돌아왔다. 딸의 까다로운 고양이까지 품에 안고. 그게 1997년이었다. 그러나 돌아온 한국에는 그의 기반이 너무도 없었다

우리 예술계에 처음 있는 링컨센터 라이브러리 소장 무용가의 업적에 아무도 환호하지 않았다. 오랫동안 떠나 있었던 떠돌이 이선옥에게는 학연도 지연도 신통찮았다. 뽑아낸 뿌리를 다시 내릴 땅이 마땅치 않았다. 외로웠다. 그렇지만 받아들이기로 했다. "오우케이!" 그는 불공평이나 억울함을 감수하고 받아들이는 데 자신 있다. 어려서부터 늘 그랬다. 그는 오케이를 아주 통쾌하게 발음할 줄 안다. 얼마 전에는 집에 도둑이 들어 혼자 있는 그에게 "담요 뒤집어 쓰고 있어"라고 명령했다. 그는 싹싹하게 "오우케이!"라고 말하며 이불을 뒤집어썼다. 지갑은 어디어디 있고 보석은 다 가짜라고 노래하듯 고백하는 그에게 도둑은 여자 혼자 살면서 세컴이라도 달지 그랬냐고 의젓하게 충고했다. 집에 놓인 불상을 보고 당신, 뭐하는 사람이오? 묻더니 자기가 들어오면서 뒷문 유리를 깼는데 아마도 새로 갈아 넣어야 할 거라는 걱정까지 해주고 현관문을 통해 유유하게 걸어나갔다.

한국 온 지 10년! 그동안 이선옥은 차병원 부설 중문의대 보건복지학과와 대체의학과에서 학생을 가르쳤고 선무로 치유 가능한 치매나 중풍환자들을 직접 만났다. 몇 해 전엔 연습장 겸

공연장도 이쁘게 하나 꾸몄다. 일반인들, 특히 불자와 그 아이들에게 선무를 가르칠 계획이었지만 그게 생각처럼 쉽지가 않았다.

"뉴욕 간 지 7년 만에 맨해튼에 2백 평짜리 공연장을 만들었는데 한국 온 지 7년 만에 서울에 40평짜리 연습장을 만들었어. 한국이 미국보다 내겐 늘 더 어려워. 한때는 《뉴욕타임스》에 하루 걸러 한 번씩 공연평이 실릴 정도였는데 지금 한국에서는 무용하는 사람도 대체의학하는 사람들도 날 잘 몰라. 그러나 좋은 예술은 반드시 알려지게 마련이라는 걸 난 믿어. 때 아닌 강태공 노릇을 할려니 그게 마음 고생이 될 뿐 다른 건 힘들 게 아무것도 없어. 엄살 필 생각은 없어. 난 칠전팔기에 익숙하거든. 그리고 그걸 아주 좋아해. 치유무용으로서 선무는 지금부터가 시작인 걸."

마음자리를 맑디맑게 닦을 뿐

한 사람의 인간을 만드는 것은 무엇일까. 품어 기른 자연일까. 지혜를 준 스승일까. 아니면 만나고 사랑하고 다툰 세상 전체일까. 그는 인간의 삶이 단순히 현생에서 끝나는 건 아니라고 믿는다.

"꿈에 전생을 두 번 봤어. 내가 티베트 어디쯤의 승려더라고. 먹물 옷이 아니라 주홍빛 가사 같은 것을 걸쳤어. 도반에게 화를 내며 산을 내려가겠다고 고집을 피우는데 가만 보니 그 성질머리가 딱 지금의 나더라고. 사람은 본성을 삼생 동안 그대로 지니고 다녀. 전생이 없는데 현생에서 내가 이런 짓을 하고 있겠어? 내생에도 아마 춤과 참선과 무관하지는 못할 거야. 할 줄 아는 짓이 이 짓뿐인걸."

재물도 명예도 다 소용없다. 삼생을 이어가는 건 그저 저 깊은 본성뿐이다. 이승에서 가장 열심히 할 일은 마음자리를 맑디맑게 닦는 것뿐이라고 이선옥은 말한다. 추상적인 그 일을 이뤄낼 수 있는 구체적인 방법! 그는 그걸 스스로 만들어냈다.

춤, 천천히 숨 쉬고 천천히 팔다리를 움직이고 손을 상하좌우로 오르내리며 참선을 거듭하는 춤, 보는 사람에게 아름답고 추는 사람에게 신비한 힘을 주는 춤, 그 선무를 이선옥은 삼생 윤회를 거듭하며 우리 앞에 공으로 던져 놓아줬다.

"보통사람은 감정을 돌에 새겨. I hate you라고. 집착이지. 거기 크게 얽매일 수밖에 없어. 수행을 한 사람은 모래 위에다 글씨를 써. 파도가 오면 글씨는 곧 쓸려나가버리지. 그만큼 자유로워지는 거야. 도인은 물 위에 글씨를 써. 쓰는 순간 지워지지. 부처는? 부처는 허공에다 쓴다고. 부처라도 아예 쓰지 않는 건 아니지. 써도 아무 자취가 남지 않는 것일 뿐."

인간 마음에 떠도는 희로애락애오욕을 이렇게 탁월한 메타포로 엮어낸 사람은 누구인가. 이번 생에 선무라는 새로운 춤을 고안하고 평생 그 춤 안에서 살았으니 그새 이선옥은 제 안의 감정을 물 위에 쓸 수 있는 사람이 됐는지 모르겠다. 조선 중기의 외롭고 높고 쓸쓸한 기생 황진이, 그가 저 위쪽에서 21세기의 제 동족을 내려다보며 빙그레 웃고 있을 것도 같다.

....

덧붙임: 이선옥과 같은 동네에 살아 우리는 약속 없이도 자주 마주친다. 찻집에서 슈퍼에서 은행에서 약국에서. 노상 헐렁하게 다니는 나와 달리 이선옥은 이제 일흔 중반에 이르렀지만 몸꾸밈에 한 치도 허술한 티가 없이 항상 화사하고 유쾌하다. 그가 냄새에 워낙 예민해 우리는 걸쭉한 찌개는 말고 미역국이나 콩나물국 같은 맑은 국을 나눠 먹곤 한다. 그는 기본적으로 농경민이 아니라 방랑자다. 10년 전에 멕시코를 다니더니 요즘은 한 해의 절반쯤을 싱가폴에서 지낸다. 그새 다 자란 딸 허니가 싱가폴 남자와 혼인해 거기 살고 있는데 싱가폴에 머무는 동안에는 그곳 대학에서 선무 특강도 한다.
"그때 딸을 안 낳았으면 어쩔 뻔했어요?"
"그게 뉴욕이니까 가능했지 서울 같았으면 어림이나 있겠어? 30년 전이 아니라 지금 한국에서도 쉽지는 않을 걸"
한세상을 자신이 내키는 대로 살아온 강인하고 아름다운 이선옥에게 혼자 있어서 쓸쓸하지 않으냐를 묻고 싶을 때가 여러 번 있었다.
"혼자 있다고 쓸쓸하고 둘이 있다고 안 쓸쓸한가 어디? 어차피 인간은 누구나 혼자인 거야. 골짜기에 밤이 오면(그의 집은 북악산 골짜기 안에 있다) 왜 적막하지 않겠어? 그래도 찬팅을 하면서 가만히 앉았으면 적막이 그렇게나 좋아. 큰 북을 쳐서 울림을 듣기도 하고 한바탕 춤을 추기도 하고. 나는 다른 원 아무것도 없어. 이대로 충분해"(2017).

두 눈으로 전쟁을 보았다.
세상의 모든 이별을 목격했다.

속절없이 외로울 때 그 남자를 만난다.
차라리 전쟁 덕이다.

달콤한 나날은 한 달을 버티지 못했다.
애정을 고백하기도 전에 그는 먼저 가버렸다.

50년을 죽은 사람만 보며 살아왔지만
할머니는 허망하다 말하지 않는다.

지상에 없는 남자,
그만을 향한 50년

한 달의 인연을 영원으로 간직한 최옥분 할머니

崔
玉
粉

여기 오래 묵은 연애편지가 두 통 있다. 우선 이 편지를 읽으면서 얘기를 시작하자.

확실히 나에겐 사랑하는 이가 있다는 것이 사랑하는 상대에게 뿐만 아니라 무엇보다도 나 자신에게 유해한 것이어서 결국은 둘 사이 불행밖에 더 초래할 것이 없다고 생각됩니다. 아니면 보세요. 이렇게도 안타까이 못 견디게 당신을 그리는 것이니 그 어디 하룬들 여유 있게 공부할 수 있는 때를 가져 볼 수 있어야지요. 확실히 공부하는 놈에게 사랑의 감미란 유해한 것임을 알았습니다. 19일 중이 되는 계를 받게 되는 것이랍니다. 몇 해나 중 노릇을 해먹게 될 것인지 씨원스레

속계의 미련 활활 털어버리고 독실 중으로만 지낼 수 있을
지. 결심이 이루어지기를 간절히 바랄 뿐입니다. 지금만 해
도 당신과 마음 놓고 만날 수 있는 기간이 얼마 남지 않았습
니다.

해제날이기에 떡방아 찧고 제 올리고 성찬에 떡도 먹었습니
다. 오후 세 시 넘어 혹여 서울 문인들 오지 않나 싶어 용하
행자 아이와 함께 아랫마을까지 내려갔습니다. 마음 한구석
엔 당신이 와주었으면 싶은 마음 떠나지 않았습니다. (중략) 내
일 배달날이니 학수고대합니다. 정 아무 소식 없다 하드래도
내 자존심이니 뭐니 다 뿌리치고 당신의 곳 찾아가야겠습니

崔玉粉 최옥분

1932 – 태어남
1950 – 강릉사범 입학. 한국전쟁
1953 – 휴전 이후 낙산사에서 보육원 봉사
1956 – 남으로 피난온 남편 김종후와 첫 만남
1958 – 사고로 남편 사망. 해련 씨 출산

다. 홧김으로 해선 뺨을 갈겨놓고만 싶습니다. (중략) 보름달이 휘황합니다. 웬일인지 까닭없이 눈물겨워집니다. 이럴 것이면 당신을 괜히 알아두었다 싶습니다.

1956년 8월 15일과 20일에 씌어진 편지다. 이 편지를 쓴 이는 당시 오대산 월정사의 탄허스님 밑에서 불교와 동양철학을 공부하던 문학평론가 김종후였다. 그는 이 편지를 쓴 지 일 년 반 후에 사고로 죽었다. 사고 당시 그의 나이 서른이었다. 저렇게 김종후를, 뺨을 때리고만 싶은 그리움으로 내몰던 여자는 낙산사 보육원에서 보모 노릇을 하고 있던 최옥분이었다. 김종후가 사고를 당할 때 이 편지를 받았던 여자의 뱃속에는 그들 자신도 모르는 새 아기가 자라고 있었다. 유복녀로 태어난 그 아이가 지금 마흔아홉이 됐다.

지난 50년간 두 모녀는 세상과 멀찍이 거리를 두고 외롭고 높고 쓸쓸하게 살았다. 재혼은 꿈도 꾸지 않았다. 그리고 50년 만에 김종후가 남긴 여덟 편의 평론과 두 편의 에세이를 수습하여 얼마 전 《김종후의 삶과 문학》이란 책을 세상에 내놓았다.

젊어 요절했지만 한평생 지극한 그리움으로 떠받들려진 김종후라는 남자가 있다. 결혼식도 치르기 전에 이별해야 했지만 평생 그 사람만을 추억하고 그리워한 최옥분이란 여자가 있다. 그것은 집착일까, 사랑일까. 헌신일까, 희생일까. 혹은 자기애

일까, 신경증일까.

저 의문을 풀자면 최옥분 모녀를 만나야 했다. 들끓는 볕을 머리에 이고 안광이 서늘하고 해맑은 청년 김종후의 사진이 든 책을 들고 나는 속초로 차를 몰았다. 인간의 행불행을 한 가지 잣대로 잴 수는 없을 것이다. 사람의 운명을 겉으로 드러난 사실만으로 재단할 수도 물론 없을 것이다. 그러나 나는 정말 궁금했다. '사랑은 움직이는 것'이라는 걸 당연하게 받아들이는 이 경박단소의 시대에 지상에 없는 한 남자만을, 그것도 결혼으로 묶인 사회적 관계도 아닌 한 남자의 죽음을 평생 자신의 것으로 껴안고 살아온 사람, 그 인생의 대차대조표를 확인해보고 싶었다.

죽은 김종후야 어쩔 수 없는 일이다. 그가 아무리 4개국어에 능통하고 당시로서는 드물게도 자연과학과 인문학을 동시에 공부했던 촉망받는 평론가였다 해도 그는 이미 죽어버린 사람이다. 재능과 열정을 아까워하고 너무 이르게 그를 잃은 한국문단의 불운을 안타까워 하는 것 말고는 달리 별 도리가 없다. 그러나 살아 있는 사람은 다르다. 스물여섯에 일을 당한 후 평생을 고스란히 밀봉한 채 살아온 최옥분, 더구나 뱃속의 아이가 있었다. 요즘 같은 개방된 시대에도 미혼모가 된다는 건 전 인생을 건 도전일 텐데 1950년대 한국사회에서 아비 없는 아이를 낳을 결심을 하다니. 생각만으로도 막막해지는 일이다.

속초 가는 길은 장마로 곳곳이 통제되고 미시령 하나만 열려 있었다. 당시 미시령엔 길이 없었고 동서를 잇는 차도는 진부령 하나뿐이었다지만 김종후도 서울을 오가자면 이 근처를 숱하게 지나갔을 것이다. 가는 길 내내 김종후를 생각했다. 그가 남긴 몇 편의 글, 그중에서도 장자론을 읽고 또 읽었다.

남편의 죽음

1958년 1월 초 현대문학사에 들렀다가 버스를 타고 홍천으로 내려가던 김종후는 사고를 당한다. 그날 최옥분은 홍천에서 그를 만나기로 돼 있었다. 오겠다던 시간에 도착하지 않아 초조하게 기다리던 최옥분은 라디오 뉴스에서 사고 소식을 듣는다. 서울—속초간 버스가 홍천에서 뒤집혀 수십 명이 죽거나 다쳤다는 뉴스, 예감이 이상했던 그녀는 서둘러 사고현장으로 달려간다.

김종후는 품안에 원고 뭉치를 안은 채 거기 누워 있었다. 얼굴이 으깨져 신원을 알아볼 수 없었다. 원고 표지에 쓰인 '김운학'이라는 이름만이 그를 증명했다. 당시 김종후는 현대문학사에 월정사 수도원 동료인 김운학의 원고를 전하려 했고 편집자를 만나지 못하자 그 원고뭉치를 안고 다시 내려가던 길이었다.

그 순간을 최옥분은 이렇게 증언했다.

"처음엔 아무 생각도 안 났어요. 멍했어요. 그러다 머리가 아니라 다리였다면 얼마나 좋았을까. 차라리 불구가 됐다면 평생 곁에서 함께 살 수 있었을 것을…… 시간이 좀 더 지나자 나 때문에 사고가 난 게 아닌가 내가 그 사람의 운명을 망쳐버린 것이 아닌가……그 생각만 자꾸 들더라고요."

오대산 월정사에서도 총무 희윤스님이 달려왔다. 똑같이 라디오 방송을 듣고서였다. 그들은 함께 시신을 수습하고 화장한다. 그리고 최옥분은 현대문학사에 발신인 없는 전보를 친다.

〈문학평론가김종후사망신문광고요망〉

혹시라도 남쪽에 내려와 있는 그의 친척이 신문광고를 보기를 바라는 마음이었다. 유골은 낙산사로 가지고 내려온다. 낙산사는 그가 최옥분을 처음 만난 곳이었다. 그가 죽고 나서야 최옥분은 비로소 김종후의 아내로서 사람들 앞에 나설 수 있었다. 소복을 입고 무표정하게 유골함을 들고 서 있는 이십대 중반의 처녀! 아니 뱃속에 두 달 된 아이가 자라고 있는 젊은 새댁, 그녀는 평생 동안 세상에서 사라진, 사랑했던 남자와 더불어 살았다. 무덤을 네 번이나 옮겨가며 그의 곁에 완벽하게 밀착했다.

남편 김종후는 1928년 함경남도 청진에서 태어났다. 아버지는 독립운동 때문인지 만주로 떠나셨고 어머니 혼자 남아 큰 어장을 관리하는 집안이었다. 겐자꾸라는 대형어선을 여덟 척 가졌는데 겐자꾸 하나에 작은 배 7~8척이 딸리는 게 보통이었으니 청진에서 둘째 가라면 서러운 거부였다. 당시 이미 둘째형이

1957년 서른살의 나이로 요절한
문학평론가 김종후, 그는 불교와 동양철학의
조화를 지향하는 8편의 평론을 남겼다.

남편 김종후의 장례를 치른 후
유해를 들고 낙산사 법당에서 찍은 사진.
소복을 입은 이가 최옥분이다.

독일유학 중이었고 침대 생활을 했으며 오븐에서 과자를 구워 먹는 집이었다니 짐작할 만한 일이다. 김종후는 넷째아들이었지만 정 깊고 섬세해 어머니의 사랑을 독차지했다. 나남 공립학교를 졸업하고 청진 교원대학 박물과에 진학한다. 박물과란 요즘말로 하면 생물과인 모양이다.

"그 사람이 청진대학에 다닐 때는 러시아로 종마 교배 실험을 하러 가기도 했었대요. 전쟁 후에, 저와 같이 사는 동안에는 유한양행인가 하는 제약회사에서 연구원으로 남미에 가는 게 어떠냐는 제안도 왔었어요. 독사의 독을 이용해서 백신을 개발하는 일이라는데 날더러 어떡할까 물어요. 위험한 일 같아서 가지 말라고 말렸지요. 그때 가라고 했으면……사고를 당하지 않았을지도 모르는데……황우석 박사의 줄기세포 연구 뉴스가 나올 때마다 그 사람이 말하던 실험실 얘기가 자꾸 떠올라서……."

졸업 후엔 함남 단천에서 중학교 생물교사 노릇을 하다 한국전쟁을 만난다. 전쟁은 그의 삶을 완전히 부셔놓았다. 1·4후퇴 때 엉겁결에 혼자 남쪽으로 내려온다. 물론 처음엔 짧은 피난이라고 여겼을 것이다. 남으로 내려가는 김종후에게 어머니는 급한 대로 끼고 있던 팔찌와 반지를 벗어준다. 한동안은 그걸 팔아 고생없이 지냈다. 청진 제일가는 갑부의 아들이니 피난길도 처음엔 다른 사람에게 목도리니 외투를 벗어주고 여관 잠을 자며 목욕도 하는 식의 여유로운 것이었다. 영어 원서도 한 가방

짊어지고 다녔을 정도였다. 패물이 떨어질 때쯤 돌아갈 길이 열려야 했으나 현실은 그렇지 않았다. 전선이 밀고 밀리면서 북으로 돌아갈 길은 완전히 끊겨버린다.

책상물림 청년이 전쟁 통의 객지에 돈 한푼 없이 버려졌다. 험한 일이라곤 당해본 적 없던 온실 안 청년이 전쟁과 실향과 극빈을 동시에 맞닥뜨렸다. 그는 온갖 일을 했다. 그때 이미 김종후는 러시아어와 일어와 영어의 3개국어에 능통했고 중국어도 웬만큼 할 줄 알았다. 게다가 자연과학을 공부한 인문적 기질의 청년이었다. 그러나 역사의 어처구니없는 소용돌이 앞에 개인의 능력이나 희망이 무슨 소용일 것인가. 피난지 안동에서는 꼴머슴을 살고 의정부에서는 미 해병대의 통역관이 되고 의정부여고의 생물교사로도 지내면서 불안과 혼돈의 시절을 보내야만 했다.

"그 사람은 어머니를 몹시 그리워했어요. 나와 만나 낙산사 아래를 같이 걷다가도 저기 맞은편에서 어머니가 걸어오신다면 얼마나 좋을까 하면서 아이처럼 울먹여요. 어머니가 구우시던 과자 냄새가 그립다고 늘 말했는데 저는……집에서 과자를 굽는다는 말도 그 사람에게 처음 들었어요. 나중에 딸아이에게 친가를 찾아주려고 백방으로 노력했어요. 청진에서 내려온 친척들을 수소문하고 다니기도 했고……. 곧 통일이 될 줄 알았지요. 그 사람은 먼저 가버렸어도 청진 본가에 아이를 데리고 가는 날이 금방 올 줄 알았어요……. 여기 속초에는 가족을 함경도에 두고 통일을 기다리며 사는 사람들이 너무나 많았어요. 물론 결혼도 하지 않은 채……우리도 그중 하나로 평생 속초에 머물렀는데……."

김종후는 유복하게 길들여진 자신의 버릇을 민망하고 거추장스러워 했다. 진작 고생을 하면서 살았더라면 전쟁도 수도원도 그토록 힘겹지는 않았을 텐데 한탄하곤 했다.

전쟁을 호되게 치른 이 귀족청년은 피난지에서 서울로 돌아와 서라벌예대 문예창작과에 다시 입학한다. 당시 그 학교에는 김동리 서정주 백철 곽종원 등 1950년대 문학의 주역들이 모두 모여 있었다. 그의 지도교수는 평론가 백철이었고 인간적으로 친밀하기로는 안수길과 서정주 선생 쪽이었고 현대문학으로 등단할 때 심사위원은 조연현 선생이었다.

"특히 안수길 선생에게는 부모 같은 정을 느낀다고 했어요. 그 사람이 세상을 떠난 후에 제가 서울로 안 선생을 뵈러 간 적이 있어요. 돈암동 어름에서 방 두 칸짜리 가난한 살림을 하고 계시더라고요. 그때 이미 병색이 짙으셨는데 아비 없이 배가 불러진 저를 그저 가만히 바라보기만 하시더군요."

합리적인 백철 선생은 처녀 최옥분에게 아이를 떼어내고 새 인생을 시작하라고 권하셨다. 그러나 최옥분은 추호도 그런 생각을 할 수가 없었다. 새 인생이니 재혼이니는 꿈속에서도 떠올려보지 않은 금기였다. 대신 강철같이 자신을 무장했다. 여자다운 표정조차 버렸다. 화장을 버리고 색깔옷을 버리고 머리카락을 버리면서 제 안의 여성성을 모조리 지워나갔다.

"왜요?" 나는 묻고 "왜라니요?" 최옥분은 놀라서 대답한다. "그 사람이 있고 아이가 있으니까요."

자그만 유치원을 경영하면서 쓸쓸히 고립되기에 속초라는 도시는 여러모로 알맞춤한 동네였다. 젊은 유치원 원장에게 유혹이 없을 리 없었다. 번번이 단칼에 거절했다.

30년 넘게 유치원 운영하며 남편 곁 지켜

이제 할머니가 돼버린, 평론가 김종후의 애틋한 사랑, 최옥분은 속초 인근 고성군 토성면의 단정한 집에 잔디와 꽃을 가꾸면서 살고 있었다. 평생 속초를 떠나지 않았다. 잠깐 방송국 직원을 거쳐 30년 넘게 유치원을 경영했다. 속초시 중앙동 새싹유치원, 지금은 딸에게 원장 자리를 물려주고 하루 두어 시간만 아이들과 어울린다. 그녀의 딸 김해련도 혼인하지 않고 어머니 곁에 살고 있다. 고등학교와 대학을 서울로 유학했지만 결국 속초로 돌아왔다. 둘 다 몸가짐이 반듯하고 단정하다. 말수가 적고 움직임이 조용하다. 실내는 정갈하고 텃밭과 꽃밭도 티없이 말끔하게 다듬어져 있다. 뒤뜰 소나무 위로 지나가는 바람소리뿐 삶의 잡담이 생략된 집이다.

홍익대학에서 섬유미술을 전공했다는 딸 김해련은 베란다에서 책을 읽고 최옥분과 나는 소파에 기대앉아 솔바람 소리를 듣는다. 긴 여행 끝에 마주앉았지만 단단한 입매의 최옥분에게 막상 질문을 건네기는 쉽지 않았다. 내 말이 얄팍한 호기심으로 비쳐질까 겁이 났고 행여 자존심을 건드릴까 조심스러웠고 아픈 기억을 헤집을까 두려웠다.

"그동안 나는 너무 오래 갑옷을 입고 살았어요. 사람들에게도 통 마음을 열지 않았어요. 스스로 허물어질까 봐 경계했던 건지도 모르지요. 그 사람이 그해 겨울 서울로 갔던 건 현대문학의 조연현 선생에게 오대산 수도원 동료였던 김운학 스님의 원고를 갖다주려던 것이었어요. '공자의 문학관'이라는 평론 원고요. 사고 소식을 들었을 때 운학스님은 낙산사 홍련암에서 묵언기도 중이었고요. 죽은 사람 품안에서 자기 원고가 나왔는데도 기도 중이라고 장례에도 참석하지 않더군요. 그게 어찌나 원망스럽든지……. 다 용서해도 좋았을 텐데……내가 그분을 오랫동안 미워하면서 살았어요……. 그러느라고 세상으로 통하는 문을 닫아 걸었습니다……. 생각하면 후회스러운 게 한두 가지가 아닙니다."

최옥분은 스스로 곱씹듯 말을 아주 천천히 한다. 재작년에 머리가 쏟아질 듯 아픈 병을 얻어 기억력이 급작히 나빠져버렸다. 뭘 생각하려면 한참을 머릿속 서랍들을 뒤져야만 한다. 그러나 풀려나온 이야기는 많았다. 애틋했다. 아프고 안타까왔다.

최옥분은 남편 김종후의 무덤을 십여 년 전 집 가까이로 옮겨 왔다. 바로 코앞이다. 걸어서 십 분 거리, 하루 한 번쯤은 반드시 거기 올라가본다. 사고 이후 그녀는 남편의 유골을 여러 차례 옮겼다. 처음엔 낙산사에 백일 동안 모셔뒀다가 친정어머니가 계신 홍천 어느 절로 옮겼다가 딸이 서울 유학 중일 때는 성묘 다니기 쉽도록 다시 김포에다 모셨다. 십 수 년 전 바다가 보이는 이곳 고성군에 양지바른 야산을 조금 샀다. 생전에 남편이 그토록 바다를 좋아했고 오징어잡이 배라도 타고 바다로 나가고 싶다고 늘 말했기에 고향 쪽을 바라보며 안식하게 하고 싶었다.

"저승에서나마 바다를 실컷 보게 해주려구요."

정갈하게 빗돌도 세우고 석수도 앉혔다. 무덤이 즉 남편의 존재 증명이었다.

이북에서 내려온 사람들에게 호적을 만들어주는 임시조치법이 발효될 때가 있었다. 이 절호의 기회를 최옥분은 놓치지 않았다. 얼른 김종후의 호적을 새로 만들고 자기 이름을 그 곁에 올려 혼인신고를 마친다. 딸의 출생신고도 잇따라 한다. 그래서 딸은 아버지의 성인 '김씨'를 합법적으로 가질 수 있었다. 그리고 이어 사망신고를 했다. 그랬으니 그들은 엄연히 법률적인 부부다. 다만 사별했을 뿐. 그리고 그 전후가 조금 어긋났을 뿐.

사실 최옥분은 통일이 이렇게 늦어질 줄은 전혀 예측하지 못했다. 불원간 딸을 데리고 청진의 시댁으로 인사 갈 날이 올 줄로 믿었다.

"임신 사실을 그분이 아셨나요?" "아니요. 임신한 걸 전혀 몰랐어요. 성품이 정다워서 자잘한 이야기를 많이 하긴 했지만 둘이서 아이 얘기를 한 적은 없어요."

짧은 기간이었지만 김종후는 최옥분을 만나 예전 청진 시절의 따스함과 안락을 회복한다. 결혼식을 하게 되면 하객들 답례품으로 어떤 케이크를 줄까를 의논하고 주례는 백철 선생님을 모시자는 합의도 끝내놓은 상태였다.

"내가 빨래를 하러 가면 저만치서 그 사람이 따라와요. 옷이 승복이니 가까이 오지는 못하고. 그저 멀리서 내 쪽을 향해 이렇게 우두커니 앉아 있어요."

물리적 거리가 멀수록 사랑의 밀도는 높아지는가. 그 사랑법 때문에 이들의 사랑이 이렇게 오래 지속되는가. 나는 눈부시게 최옥분 할머니를 바라본다.

"우리 보육원이 소풍을 가는 날도 멀리서 따라왔어요. 한번은 내가 물에 빠졌는데 얼른 와서 손을 내밀더라고요. 내미는 그 손을 안 잡고 나 혼자 일어섰어요. 다 후회가 돼요. 그때 그 사람이 내미는 손을 잡을걸. 밤에 만나면 내가 앉는 자리에 꼭 손수건을 깔아줬어요. 당시에는 그런 짓 하는 남자들이 잘 없었 거든요. 그 사람이 깔아주는 손수건에 앉아있으면 내가 아주 사 치를 누리는 것 같았어요……. 한 번도 화를 내는 모습을 못 봤 어요. 뭐든 그렇게 맛있게 먹고……행동 하나하나가 딴 사람과 달랐어요……. 일일이 여자에게 속정을 느끼게 하는 사람이었 어요."

평생 잊지 못할 전쟁의 풍경

강릉 출신의 처녀 최옥분과 청진 출신의 총각 김종후를 낙산사 에서 만나게 만든 운명, 어쩌면 그 배경을 위해 한국전쟁이란 무대장치와 각종의 우여곡절이 필요했던지도 모른다.

전쟁 나던 해 최옥분은 강릉사범에 막 입학한 명랑하고 적극 적인 학생이었다. 아버지는 일찍 돌아가시고 어머니 혼자 옷가 게를 꾸리고 계셔 진학할 형편이 아니었다.

"사범학교에 입학하려면 보증인이 세 명 필요했는데 마땅한 사람이 없었어요. 그래서 제가 강릉 시장님에게 직접 찾아가 보 증을 받았어요. 그때는 꽤나 당찼던가 봐요……. 어머니가 옷을 한 죽 하고도 일곱 벌을 팔아서 입학금을 내주신 기억이 나요."

강릉은 38선이 가까워 전쟁 나고 3일 만에 금방 인민군이 쳐들어왔다. 남학생들은 군대에 간다면서 대관령을 넘어가고 여학생들은 장난스럽게 그들에게 손을 흔들었다. 아직 전쟁이 뭔 줄도 몰랐다. 얼마 후면 다시 만날 수 있을 줄 알았다.

"우리는 피난도 안 갔어요. 학교에 가면 광목을 마름질해서 자꾸 태극기나 그렸어요."

어느 날 학교에서 돌아오니 식구들이 모두 피난을 가고 없었다. 왜 최옥분을 혼자 떨구고 사라졌는지는 지금도 알 길이 없다. 집안에 아무도 없으니 그녀도 무작정 남쪽으로 내려갔다. 피난길에 열여덟 처녀는 평생 잊지 못할 두 가지 장면을 목격한다. 그건 이후 최옥분의 전 인생을 암암리에 지배했다.

"비행기에서 마구 총을 쏴댔어요. 일각대문 문설주에 어떤 한 사람이 달려가 매달리니까 사람들 수십 명이 거기 따라가서 우르르 붙어요. 흡사 여왕벌을 따라 나뭇가지에 붙는 일벌들같이……. 군중심리라는 게 그렇게 어리석다는 것을 그때 알았어요. 흩어지지 않고 왜 다들 그렇게 모여 있었던지……. 거기 있던 사람들이 다 총을 맞았어요……. 그중에 아이 업은 엄마가 하나 있었는데……엄마는 뒷머리에 총을 맞아 피투성이가 됐는데 업힌 아기는……엄마를 부르며 자꾸 집에 가자고 울어대요." 그 자리를 떠났지만 우는 아이 모습을 도저히 잊을 수가 없었다. 꿈속에도 피투성이 속에서 입을 짝 벌리고 우는 아이의 얼굴이 자꾸만 보였다. 또 한번은 제천인가 어딘가에서 본 장면인데 한 부인이 전봇대에 아기를 포대기로 꽁꽁 동여매는 것이었다.

"동여매면서 하염없이 울어요. 곁에는 안노인 한 분이 누워 있었어요……. 둘 중 하나를 데리고 피난을 떠나기는 해야겠는데 누구를 데리고 갈까 망설이다 결국…… 아기를 전봇대에다 묶어 놓기로 했나 봐요. 그러면서 너는 누가 데려가서 키워줄 거다. 그러나 할머니를 버려두면 금방 돌아가실 거다……, 그러니 용서해라 아가야 하면서 그렇게 섧게섧게 울어요. 참 고상한 부인이었어요……. 내 발이 그 곁에 딱 붙어서 떨어지지 않더라고요."

그 두 장면이 전쟁이 끝나도 두고두고 잊히지 않았다. 피투성이 엄마 품에서 살아난 아기, 전봇대에 꽁꽁 묶였던 아기, 길가 개울에 처박혀 있던 아기들은 어디서 어떻게 되었을지 늘 궁금했다. 차라리 그때 자기가 그 아기들을 업고 왔으면 어땠을까 상상하기도 했다.

"그 엄마는 할머니를 두고 아기를 업고 가는 게 옳지 않았을까? 그 질문도 혼자서 여러 번 했어요."

휴전이 되자 사방에 전쟁 고아들이 넘쳤다. 동국대 총장이었던 정두석 스님은 낙산사에 내려와 고아들을 위한 보육원을 설립했다. 보모를 구한다는 소문이 들렸다. 전쟁 중엔 태백중학교 교사를 하다 강릉에서 금천유치원에 나가고 있던 최옥분은 한 달음에 낙산사로 달려간다.

두려움도 망설임도 없었다. 보육원 개원 소식은 바로 그 아이들이 자기를 부르는 소리였다. 동해안 일대에서 모여든 고아들의 수는 108명, 거기서 그녀는 아이들을 씻기고 먹이고 재우는 엄마였다. 혼인과 출산의 경험이 없었지만 엄마 노릇은 조금도 서툴지 않았다.

전쟁은 한 여자를 전혀 다른 인간으로 바꾸어놓는다. 수도 없이 목격한 참혹한 죽음들, 그중에서도 특히 어머니의 죽음, 자기 손에 맡겨진 어린 동생들. 정전협정이 맺어지고 포성이 사라졌다고 평화가 찾아오는 것은 아니었다. 전쟁은 살아남은 사람들의 나머지 생애에 깊숙이 파고들었다. 다들 공포 분노 불안 억울함 상실감 무력감 같은 후유증을 겪어야 했다. 요즘 식으로 말하자면 치유 과정이 필요한 외상성스트레스 장애였고 최옥분은 그 정신적 외상을 고아들을 돌보는 것으로 스스로 치유해나갔다. 애들에게 갖은 정성을 들였다.

"학교에 가면 우리 고아원 애들이 공부를 제일 잘했어요. 시간 날 때마다 모아놓고 제가 공부를 시켰거든요."

나중 낙산사 보육원 출신 아이들은 과기처, 공무원, 농협직원 등 번듯한 직장에 취직하는 일이 많았다.

"불운한 아이들이라서 불운이 겹쳤던 건지도 몰라요." 전쟁 고아들은 나중에 사고로 죽는 경우도 드물지 않았다. 그럴 때 최옥분은 늘 궂은 일 수발에 앞장섰다. 어머니가 돌아가셔서 어

린 동생 셋을 책임져야 했고 집에는 늘 고아원 아이들이 한 둘
씩 얹혀 살았지만 당연하게 여겼다.

김종후와의 첫 만남

김종후의 일기에 최옥분이 처음 등장하는 건 1956년 5월이다.
당시 김종후는 탄허스님이 불교인재를 기를 목적으로 월정사에
부설한 수도원에서 불교와 동양철학을 공부하고 있었다. 수도
원에서 숙식을 제공하는 5년 과정의 커리큘럼이었는데 불교경
전뿐 아니라 특강으로 노장학이나 주역 등도 가르쳤다. 그 교과
에 '사찰 순례'라는 과목이 있었다. 탄허스님과 30명의 오대산
수도생 전원이 대관령을 넘어 낙산사로 찾아왔다. 둘은 거기서
우연인 듯 마주친다. 둘 다 전쟁을 막 겪은 청년들이었다. 육친
과의 이별을 치렀고 젊었고 외로웠다. 눈앞에 산더미 같은 할
일을 두고 있는 것도 같았다.

9시 버스로 낙산사 출발. 동해안 풍경에 고향을 그리다. 주
문진 피란 당시를 회상. 낙산사 탁아원 보모 최옥분, 밤에 의
상대에 나와 앉다.

그날 최옥분은 그가 고시공부하러 절에 온 법대생이거니 했다. 절에 온 학생들과 의상대에 가서 얘기를 나누는 건 전에도 가끔 있던 일이었다. 머리를 깎고 있었지만 승려라고는 생각지 못했다. 김종후는 낙산사에서 돌아온 후 낙산사 기행이라는 짧은 에세이를 쓴다.

나는 지금 관동팔경 중 가장 아름다운 낙산사에 와 있다.
이광수 씨의 소설 〈꿈〉이 쓰여진, 그래서 더욱 와보고 싶던 그 낙산사에 지금 나는 와닿은 것이다.
6·25동란으로 매우 큼직하고 고아했더란 법당 건물들은 불에 타 없어지고 지금은 당시 국군 일군단장 이형근 장군과 지방유지들의 힘으로 재건되었다. 옛 조상들의 정성어린 솜씨에 비해 어떻게도 서툴고 거치른 오늘날 목공들의 솜씨들이 그대로 들여다보여 슬프다.
수염 눈썹 할 것 없이 그대로 백발 백발이 돼버린 그래서 더욱 겸허하고 경건할 수밖에 없이 대해지는 이곳 주지 원허노사가 예불하고 계시다.
(중략)
바위 틈새에서 두서넛 아이들이 머리를 박고 히히닥거리는 것이 방게잡이라도 하는가 보다. 멀리 제주도에서 길따라 해마다 온다는 해녀들이 너댓 자맥질 하고 있다. 가을의 동해

바다는 너무 푸르고 맑아서 무섭다.

(중략)

옛 선사의 게송을 읊으며 나는 조용히 적멸에 잠기는 것이다. 의상대 밑에 다방 '낙유장洛由莊'이 있다. 철따라 찾는 유람객 때문인가보다. 댓칸방 조제 탁자며 의자래도 창밖 풍치로 해서 제법 따스하다. 벽에 걸린 한 폭의 유화 아래 '카운터'에서는 아가씨가 졸고 있다. 귀한 손님 대접에 헐어빠진 축음기 틀어주는 것은 그만 치어버렸으면 좋겠다. 왜 '커어피' 맛이 이렇게도 좋을 수 있는가?

달밤의 낙산사는 의상대에 올라앉아 그대로 입정할 수밖에 없다. 반딧불 같이 반짝이는 불빛은 고기잡이 나간 조각배들의 것이다.

아마도 이날 김종후는 최옥분과 의상대에서 달을 바라보고 앉아 있었나 보다. 의상대 아래 낙유장이란 다방이 있어 거기서 커피를 마셨다는 것도 신기한 일이고 축음기에서 흘러나오는 음악을 김종후가 듣기 싫어했다는 것도 흥미로운 일이다. 나는 이 글을 쓰다 말고 속초로 전화를 걸어 그날 김종후 선생은 어떤 인상이었냐고 다시 물어봤다. 그녀는 전화선 너머에서 한참 동안 숨을 골랐다.

"그냥……머리를 깎은 것 말고는 보통 사람하고 별반……

안 달랐어요. 하도 오래 돼서……아이 참……, 뭐라고 말해야
할지."

지난번 속초에서와 비슷한 대답이었다. 그러나 김종후에게
그녀는 특별했다. 다녀간 뒤로 매일 편지가 오기 시작했다. 아
니 우체부가 사흘에 한 번씩 왔으니 사흘에 한 번씩 세 통의 편
지가 손에 들어왔다.

탄허스님의 당초 계획과는 달리 월정사 수도원은 경제적으
로 매우 곤궁했다. 서른 명 가까운 수도생들의 식량조차 마련할
수 없었다. 재정을 담당하겠다고 약속했던 금강산 건봉사에서
사정이 생겨 지원을 끊어버린 것이다. 김종후를 비롯한 수도생
들은 하루 한 끼를 겨우 먹으면서 버텨야 했다. 게다가 김종후
는 위가 약해 보리밥을 먹으면 탈이 나는 체질이었다. 탄허스님
은 김종후에게는 특별히 쌀밥을 주라고 하셨지만 쌀이 있을 리
없었고 최옥분에게 보낸 편지 중간중간 보리밥으로 배탈이 났
다는 하소연이 나온다.

식량이 떨어져서 아츰은 죽, 점심 저녁은 밥알이 보일 둥 말
둥하게 감자만을 먹습니다. 감자도 한두 번이지 계속해 주식
으로 먹자니 실증이 나는군요.
아츰 죽은 굶고 점심 저녁 깡보리밥에 창자가 어떻게도 뒤끓
는지 모르겠습니다. 영양부족에 현기증은 날이 감에 따라 더

해만 갑니다. 아무리 생각해도 이 상태를 5년은 고사하고 단 오개월을 지내기 곤란할 것 같습니다. 어떻게 다른 방도를 강구해야만 될까 합니다.

하루종일 나리는 비에 그만 지쳐 버리고 말았습니다. 아무 공부 머리에 들지 않습니다. 까닭 없이 죽고만 싶습니다. 살아야 할 아무런 이유도 없다고만 생각되기 때문입니다. 정말 왜 살아야 하는지 그저 죽지 못해 사는 그것뿐입니다. 자살이란 가장 용감하고 위대한 사람만이 성취할 수 있는 낙천행입니다.

그러나 김종후에게 가난, 우울, 불안, 무력, 배탈보다 더 심각한 것은 그리움이었던 모양이다.
당시 김종후의 일기를 잠깐 보자.

1956. 6. 10
마을 입구 산감댁에 가서 돈육을 먹다. 표도자 밤에 알사탕으로 한턱하다. 불전 백환 훔쳐서 기, 표, 셋이서 마을에 가 알사탕 사먹다.

1956. 6. 26

조공은 굶다. 주공은 감자떡, 원장 떠나다. 자꾸 마음속이 서러워만 지다. 옥분에게 두 장 편지 쓰다.

1956. 7. 3
오후직후 낙산사 옥분 오다. 밤 참선 후 앞 냇가에서 옥분이와 함께 두 시간을 보내다. 저번에 편지를 보고 내가 오해를 산 것 같이 찾어왔다는 것, 입맞춤.

1956. 7. 25
11시 버스로 낙산사 행, 오후 3시 도착, 낙산사 단청 불사중 옥분이더러 목욕탕 물을 끓이래서 밤에 목욕하고 입맞춤, 새벽까지 이야기, 학원에서 옥분이 이불 덮고 자다.

6월 말 일기에 '마음속이 자꾸 서러워진다' 는 구절이 나오고 7월 초에 '밤 참선 후 옥분이와 두 시간을 보내다. 입맞춤'이 등장하고 7월 말에 '낙산사행. 목욕물을 끓이래서 밤에 목욕하고 입맞춤'이라는 귀절이 이어진다.

사고무친한 그에게 찾아온 사랑이었다. 그러나 그는 중대한 기로에 선다. 절에 남아 승려가 되어야 할지 속세로 돌아가 결혼을 해야 할지 심각한 갈등에 빠진다. 탄허스님은 그에게 승려가 되기를 권했다. 그도 반승낙은 해놓은 상태였다. 그 무렵에 찾아온 사랑이었으니 맨 처음 일기에 드러난, 곁에 있으면 뺨을 때리고만 싶은 고뇌가 시작된 것이다.

그는 최옥분보다 네 살이 많았다. 그러나 애인 앞에서는 아기처럼 변했다. 북의 어머니가 보고 싶다며 그녀에게 머리를 기대어 울곤 했다. 최옥분은 공부하는 사람을 방해하는 게 싫어 가슴이 미어지면서도 짐짓 냉정을 가장했다.

"내쪽에서 한 번도 애정을 고백하지 못했어요. 자꾸 도망만 쳤어요……. 그 사람을 갈등에 빠지게 만드는 이유가 나라는 것이 싫었어요……. 그게 지금 내게는 가장 큰 한입니다." 낙산사를 떠나는 것이 그를 괴롭히지 않는 길이라고 생각했다. 실제로 최옥분은 그를 피해 보육원 아이들을 두고 단호하게 낙산사를 떠난다. 소식도 끊어버렸다.

나이는 이미 스물넷. 당시로선 늙은 처녀였다. 낮에는 유치원 교사를, 밤에는 직물기를 들여놓고 편물을 했다. 어린 동생 셋을 키우는 게 그녀의 과제였다. 그런데 어느 날 김종후가 집으로 쳐들어온다. 백철 선생 내외와 함께였다. 얼떨결에 그를 받아들인다. 얼떨결이라고? 운명은 늘 그런 모습으로 우리를 찾아온다. 아니 실은 앞을 때 바닥에 손수건을 깔아주던 때부터 시작된 운명이었는지도 모른다. 그가 찾아왔다는 것은 그간의 번민과 갈등을 끝냈다는 뜻이었다. 승려의 길 대신 사랑을 선택하고 세속 인간으로 귀환하겠다는 의미였다. 두 사람의 동거생활이 시작되었다. 꿈같았다. 그리고 한 달, 어처구니없는 버스 전복사고, 그렇게 진행되는 것이 두 사람 인생의 각본이었던 모양이다.

한 달이 영원으로 이어진 인연

나는 최옥분 할머니와 마주앉아 새벽이 오는 것을 지켜봤다. 우리는 50년 전에 죽은 사람을 얘기하며 밤을 꼬박 새웠다. 그녀의 얘기는 워낙 조용했다. 말수가 하도 적어 말 사이의 휴지가 더욱 길었다. 할머니도 나도 전혀 지치지 않았다. 푸른 새벽빛 속에서 그녀는 내게 이렇게 말했다.

"난 문학적인 재능이 조금도 없어요. 그 사람이 왜 나를 선택했는지 궁금해요. 나를 선택한 게 잘못돼서 그런 운명이 되지나 않았나 싶고……승려가 되어야 할 사람이 여자를 가까이해서……벌을 받았나 싶기도 하고……생각하면 늘 미안해요. 그때 남미로 가라고 했으면 사고를 피할 수도 있었을 텐데……내가 그걸 말렸거든요."

가당찮은 말씀이라고 나는 펄쩍 뛰었다. 차라리 남겨놓고 떠난 그분을 원망해야지 미안하다니 무슨 말이냐고!

"원망을 해본 적은 단 한 번도 없어요. 저 애한테도 미안해요. 내 고집 때문에 힘들게 만들어버린 것 같아서."

따님의 이름 '바다 해, 연꽃 연'은 아버지의 수도원 친구였고 사고 당시 묵언기도 중이었던 그 운학스님이 지어줬다. 동국대학에 계실 때 운학스님은 가끔 해련을 불러 용돈도 주고 아버지를 추억하기도 했다.

"어머니는 그분을 원망했지만 저는 그분이 싫지 않던데요."

따님 김해련이 밝게 말한다. 딸이 어렸을 때 어머니 최옥분은 '너희 아버지는 미국에 공부하러 가 계신다'고 가르쳤다. 그러나 어느 날 아이가 친구들에게 이렇게 말하는 걸 듣는다.

"우리 엄마는 아빠가 미국에 가셨다고 말하지만 사실은 죽었어. 난 네 살 때부터 알고 있는데 엄마만 그걸 몰라."

이제 한 생애가 속절없이 저물어간다. 허망하다고는 말할 수 없다. 할 말이 아주 많지만 너무 많은 할 말은 되려 입을 다물게 만든다. 입을 다물고 밝아오는 세상을 조용히 응시한다. 기쁨이 가득 차오르는 것도 같다.

"나중에 합장하실 건가요?"

"예, 그러려고요……."

수줍게 대답한다. 그들은 살아서 단 한 달을 함께 살았다. 한 달……평생에 한 달, 그 짧은 인연이 영원을 만들고 있다. 세상에는 수십 년을 함께 살다 원수가 되어 헤어지는 인연도 있고 한 달이 영원으로 이어지는 인연도 있다. 영원이란 살아 있는 인간이 도무지 예측할 수 없는 미지다. 그곳에서 김종후 최옥분

부부는 머잖아 다시 만날 것이다. 아니 다시 만난다는 것은 적당한 말이 아니다. 바다를 내려다보는 무덤 앞에서 두 사람은 날마다 충분할 만큼 함께 시간을 보내고 있으니까.

··

덧붙임: 나는 결국 대답을 얻지 못했다. 평생 지상에 없는 한 남자를 그리워하며 사는 것이 집착인지 사랑인지. 헌신인지, 희생인지. 혹은 신경증인지, 자기애인지. 어쩌면 나는 그것이 온갖 잡답을 피한 평화이고 기쁨이라고 생각하게 됐는지도 모르겠다.

《여자전》 재출간 소식을 전하려고 새싹유치원 김해련 원장에게 전화했더니 고요한 음성이 전화를 받는다. "어머니 귀가 잘 안 들리셔서요……. 연세가 있으시니 많이 약해지셨어요……. 그래도 아버지 산소에는 매일 올라가십니다."

말에 쉬는 부분이 많은 것이 어머니와 꼭 닮은 딸이다(2017).